反派未婚妻
總在換人設
上
紀嬰——著
第一部・妖女、綠茶與霸道總裁?!

目錄

CONTENTS

第一章　反派系統

夜半，鬼塚。

作為令無數修士聞風喪膽的禁地之一，鬼塚絕非浪得虛名。被流放的魔物、聚集而生的妖邪與幽魂厲鬼充斥於此，沖天怨氣經久不散。即便入了夜，隔著冷白月光，還是能見到彌散在空中、血一樣的紅霧。

鬼塚邪祟遍布，鮮少有人踏足，但在此刻，月色卻映出兩道殺意凌厲的影子。

兩人立作圍殺之勢，黑影重疊間，是另一個渾身血汙、匍伏在地的人。

「你居然還活著。」身形壯碩的魁梧青年哈哈大笑，用力踢向面前人影：「什麼劍道天才、世家少爺，到頭來落得如此下場，還不是得死在老子手上！」

這一腳毫不留情，踹中小腹。

那人身受重傷，一襲白衣成了猩紅血色，如今被踢上這麼一腳，腹部傷口陡然迸裂，滲出觸目驚心的紅。

青年見他因劇痛猛地一顫，爆發出更肆無忌憚的笑：「你也知道疼？當初裴少爺斷我一根拇指，可是囂張得很！」

地上那人已快沒了氣息，本是低垂著頭一動也不動，聞言長睫倏動，極淡地瞥他一眼。

那是雙布滿血絲的眼睛。瞳仁漆黑，幽深如井，絲絲縷縷的猩紅好似藤蔓瘋長，勾纏出困獸般壓抑卻瘋狂的戾氣。

「想起來了麼？」青年迎上他的目光，不屑地冷笑：「我當年是裴府家丁，心悅一個名叫知雀的丫鬟，本欲與她交好，夜裡相會之際，卻被裴少爺以『傷風敗俗』為由趕出裴家，還重重罰了一遭——誰能想到，你有天會落到我手裡？」

這自然是經過美化後的一面之詞。

當初郎有情妾無意，知雀對他退避三舍，他一時怒火攻心，決定在夜半無人時直接用強，沒想到裴家小少爺正巧練劍回來，聽見知雀呼救，當場削去他的拇指。

前途、生計與女人，拜這人所賜，一夜間化為烏有。他聲名狼藉，只得加入流寇與匪盜的團夥，幹些殺人越貨的勾當。

他越說越氣，手中長劍嗡嗡作響，正要繼續踹上幾腳，卻聽身旁的紅衣女子道：「鬼塚凶險，儘快動手，莫要在此地耽擱。」

「也是。」青年揚了嘴角，將長劍抵上那人咽喉，稍一用力，便湧出落珠般的血滴：「裴家出了高價懸賞小少爺蹤跡，生死不論。就算我在這兒殺了你，那筆錢也——」

他話音未落，忽地變了神色，抬眼厲聲道：「誰？」

紅衣女子眉間一動，聞言望去，果真在不遠處嶙峋的怪石上見到一抹人影。

修道者目力極佳，即便相距甚遠，二人也能看清來人相貌。

那竟是個女人。

孑然一身、纖細婀娜，甚至還……提著糕點盒的女人。

沒錯，糕點盒。

鬼塚妖魔橫行，近日又正值鬼域門開，修士們恨不得帶上全部家當，刀劍毒器樣樣俱全，可眼前這位——

青年眉頭一蹙，把注意力從糕點盒上挪開，落在她面龐的剎那，不自覺露出驚豔之色。

這位來歷不明的姑娘年紀很輕，著了件款式簡單的月白留仙裙，烏髮粗略挽起，懶洋洋立在怪石頂端。

她並未悉心打扮，眉目間卻自帶明豔媚色，一雙柳葉眼澄明纖長，在與二人視線相撞之時，劃過似笑非笑的挑釁。

「『欲與知雀交好』，說得這麼冠冕堂皇，誰知道背地裡行著多麼禽獸不如的事情。」

她說罷縱身躍下，穩穩當當立在地面。

青年與紅衣女子都沒察覺，當這道聲音響起時，地上始終安靜如死屍的人脊背一僵，忍住劇痛抬起頭。

紅衣女子握緊劍鞘，嗔怒地望了身側青年一眼：「姑娘，凡事講究先來後到，既然我們搶先發現他，就沒有妳插手的餘地。」

鬼門大開，各大宗門與世家皆彙聚於此，加之裴家高價懸賞小少爺蹤跡，想要分這一碗羹的人不在少數。

他們早該速戰速決，就不會惹上這個麻煩。

「先來後到？二位皆是殺人無數，居然還有『道理』這一說？」那姑娘將糕點盒放在一旁，說到一半時斂起驚訝，恢復了如常的笑：「不管你們講不講道理，只要我不講道理，那不就成了？」

二人聞言皆是一愣。

看她的模樣，不像是作惡多端、逃竄至此的邪修，可若是正道中人……

正道中人哪能面不改色講出這種話？

來者不善，大抵是要硬搶。青年與紅衣女子對視一眼，紛紛引動靈力，拔劍做出對敵之勢。

對方並不著急，儲物袋白光乍現，手中出現一道黑影。

那影子非符非劍亦非樂器，青年凝神看去，發現竟是把通體漆黑的長刀，隨她手腕一動，刀鞘落下之際，迸發出陰冷如冰的寒光。

饒是他，也能一眼看出此刀絕非凡物。

當今劍修、法修平分天下，用刀的並不多。

拿著這樣一把刀的女人，更是寥寥無幾。

「這刀——」紅衣女子駭然低吒：「謝家人？」

「不可能。」青年狠狠咬牙：「謝鏡辭重傷昏迷了一年，聽說修為盡毀，恐怕這輩子都醒不過來……再說，以雲京謝家那樣的陣仗，怎麼可能形單影隻的來？此人不過是個恰好用刀的小賊，來同我倆爭搶賞金！」

那姑娘不置可否，低頭看向手裡的長刀。

這段話說得有條有理，她幾乎要信了。

如果她不叫「謝鏡辭」的話。

以謝家的作風，自然不可能讓她獨自前往鬼塚禁地，但若是謝鏡辭以「閒逛散心」的名義偷偷溜來這裡，那就另當別論。

至於她為什麼要避開旁人耳目——

『別和他們廢話，快打啊！』尖銳的嗓音在腦海中響起，謝鏡辭不勝其煩地皺了眉，聽它大驚小怪繼續道：『夭壽啦！系統馬上要崩啦！』

追根究底，就是因為這玩意。

她在一年前偶遇邪魔，全身筋脈盡碎、識海損毀，註定再無甦醒的可能，就是在那時候，系統出現了。

它自稱大千世界天道的化身，只要謝鏡辭在十個小世界裡擔任作惡之人，維持天道運轉，就能重返最初的身體。

簡而言之，變著花樣當壞人，給天命之子送經驗。

那段日子堪稱她的成年陰影。

眾所周知，小世界裡的惡毒反派都不是人，而是用來啪啪打臉的工具，哪兒缺往哪兒搬，勤懇程度堪比驢。

天道之子，全是三百六十度無死角的，笑一笑就能讓人想和他相守到老的。相貌清秀雲淡風輕，最講究三十年河東三十年河西，哪怕劇情老套也百試不膩，回回都在扮豬吃老虎中無形耍帥。

至於她吧，很遺憾是三百六十一度全死角的，獰笑起來總會銀牙一咬。打出操作時滿懷信心，結局必然是傷敵零蛋自損一億，而且愈挫愈勇永不放棄，次次都在慢性自殺中我坑我自己。

在捏碎一百三十八個陶瓷杯、咬碎四顆牙、第無數次眼睛瞪得像銅鈴後，謝鏡辭終於功成身退，光榮退休。作為報酬，不但從必死的狀態下如約醒來，還順帶知道了這個世界未來的劇情走向。

她那位沒見過幾次的未婚夫將會黑化入魔，屠盡修真界各大家族，只留下雲京謝家，引得生靈塗炭、世道大亂，最終被諸位大能聯合剿殺。

簡直匪夷所思。

她未婚夫是誰，裴家高高在上的小少爺、修真界千百年難得一遇的劍道天才、年年都要同她爭奪學宮第一的乖學生，道一聲「正道之光」都不為過，要說他黑化入魔——用某個小世界裡的通俗用語來說，就跟林黛玉倒拔垂楊柳的機率差不多。

謝鏡辭秉持著惜才之心，向系統詢問了大致的前因後果。

裴渡並非裴家親生血脈，而是於多年前收養的一名孤兒，之所以能進裴家，全因模樣像極了早夭的大少爺。

如今他鋒芒畢露，不但與雲京謝府訂婚，還隱隱有了威脅到家主之位的勢頭，自然引得當家主母白婉與兩位兄長的妒忌，欲殺之而後快。

近日鬼塚動亂，鬼界之門即將現世，裴家眾人皆來此地鎮魔，一片混亂之中，是最適宜的時候。

按照計畫，二少爺裴鈺假意與眾人走散，實則在崖邊驅動引魔香，召來大量妖魔伺機而動。

與此同時，再由白婉將裴渡引至崖邊，以他的性子，必會拔劍除魔。

然而鬼塚邪祟何其凶戾，單憑裴渡一人之力，定然無法抵抗。

真是可憐。

他獻上一顆赤誠真心，殊不知自己拼了命保護的人，正暗暗為他設下必死之局。

妖魔來勢洶洶，裴渡成了強弩之末，為殺出重圍，以筋脈重創為代價，動用家族禁術。

可惜劍氣雖能盡斬邪魔，卻防不住人心。

白婉趁此時機，將搜集而來的濃郁魔氣種入他體內。筋脈碎裂、傷痕遍布，在這種情況下魔息入體，定會神智全無，被殺氣支配。

於是當裴家眾人聞風而來，只見小少爺魔氣纏身、渾身是血，正執著劍，把長劍對準主母脖子。

而白婉淚眼婆娑，字字泣血，顫抖著講述裴渡如何與魔族私通，欲要置母子二人於死地，天理難容。

家主裴風南勃然大怒，以肅清魔種為由，掌風倏至，將其擊落崖底。

這段經歷已足夠淒慘，沒想到生活為他關上一扇門的同時，還封鎖了唯一的窗。

裴渡憑藉僅剩的靈力僥倖存活，卻在崖底遇見殺人不眨眼的流寇，遭到百般欺辱。

雖然最終絕地反殺，但在那之後的糟心事一樁接著一樁，簡而言之就是不斷挨打受辱的血淚史。

他曾經那樣風光，熱衷於把高嶺之花踩在腳底下、看他掙扎求生的人和妖魔，並不少。

謝鏡辭聽罷來龍去脈，差點捏爆第一百三十九個陶瓷杯。

她天賦極佳，兒時在學宮耀武揚威、張揚跋扈，同齡人要麼被她打得心服口服，要麼還沒打，就已經對她心服口服。

這種日子過了好長一段時間，直到某次學宮大比，她遇上裴渡。

學宮裡所有人都知道，裴渡被裴家收養的原因。

在那次大比之前，他一直頂著「替代品」和「土包子」的名號，日子不算好過。

謝鏡辭一心苦練刀法，對欺負他沒興趣，對所謂的「救贖」更是嗤之以鼻，裴渡這個人，從沒在她腦海裡停留過須臾。

然而那日大比，向來碾壓全場的謝小姐卻頭一回險險獲勝，差點敗在那人劍下，也是有生以來第一次，謝鏡辭想要征服某個人。

——指全方位碾壓他的那種。

後來她開始暗中同裴渡較勁。

雖然是單方面的。那劍癡大概連她的名字都記不住。

試想，你有一個心心念念了好幾年的死對頭，還沒等到他對你俯首稱臣，那人就從雲端跌進汙泥，被一堆各懷鬼胎的垃圾人碾來碾去。

這能忍嗎？謝鏡辭忍不了。

他們怎麼配。能打敗裴渡的只有她，垃圾人必須被她碾成碎渣。

更何況裴渡曾碰巧救過她一命，她雖然脾氣壞，但從來不會虧欠人情。

她重傷不醒，爹娘都去北地求藥，不在家中。謝鏡辭醒來第一件事，就是出發前往鬼塚。

她本想帶上一堆護衛的。

但睜眼下床的瞬間，那道本該消失不見的系統音居然再度響起，跟牛皮糖一樣，陰魂不散地說：『位面尚未成功融合，宿主人設陷入混亂！當前人設：嫵媚撩人魔教妖女。』

這不可靠的快穿居然還附帶售後服務，謝鏡辭後來回想，自己當時的表情肯定特別邪惡猙獰。

說是「人設」，其實就是在必要階段執行系統給出的臺詞和動作。她很認真地設想了一下，萬一她人設突然崩塌，情難自禁饑不擇食，對著那堆護衛就是一頓猛撩——那還不如乖乖閉眼陷入長眠。

於是她打著「想要出門散心」的藉口，獨自來了這個鬼地方。根據人物設定，還十分貼心地準備了一盒小點心。

對面兩人都已亮出武器，一場纏鬥在所難免。

在小世界裡遊蕩許久，謝鏡辭幾乎遺忘了這具身體的感受，此時久違地握緊手中長刀，只覺靈力上湧，如潮如浪，無比興奮地充斥全身經脈。

長刀一晃，刀光襯著月色，點燃眼底蠢蠢欲動的猩紅。

沉寂數日的刀意與靈力，電光石火相撞在一起。

「我是誰不重要。」謝鏡辭道：「來。」

話語甫一落下，怪石下的身影便倏然一動，破竹之勢向二人襲去。

謝鏡辭身法極快，長刀呼嘯而至，似蒼龍入海，發出嗚然哀鳴。

青年暗罵一聲，拔劍與她對上，鐵器相撞，兩兩皆是震顫不已。

靈力逐漸淌遍全身，像是枯竭的河道突逢雨露，點點滴滴浸入皸裂的縫隙，攜來前所未有的舒暢。

謝鏡辭靜靜感知這股力道的流動。

她在那些小世界裡，不得不扮演一直慘遭打臉的惡毒配角，靈力使不上，刀法用不成，憋著一口氣沒地方發，只想找人痛痛快快打上一架。

那兩人不會知曉，當她拿刀的剎那，渾身血液興奮得幾近顫慄。

幾輪交手之下，臥床整整一年的身體逐漸活絡。

埋藏在記憶深處的刀法浮上腦海，謝鏡辭丹田蓄力，將靈氣彙集於刀刃之上。

她原本落於下風，竟在見招拆招中逐漸奪得主動，反而壓了兩人一頭。一時間鋒銳難擋，刀光大盛，刀刃的攻勢越來越快、越來越烈，行雲流水般流暢。

青年眼皮一跳，終於察覺到不對。

自刀尖而來的靈力……已經讓他難以招架了。

——這不是個技藝粗糙、靈力微薄的菜鳥嗎？

又一次刀劍相撞的剎那，高揚的長刀兀地一旋，繞過細長劍身，直攻青年小腹。

暴漲的靈力轟然四溢，驚濤駭浪般，順著刀刃席捲全身。青年來不及抵擋，被震出數丈之遠，而謝鏡辭順勢回轉，正中紅衣女子咽喉。

一瞬定勝負。

謝鏡辭卻並未刺下。

被刀刃抵住的脖頸生生發疼，紅衣女子駭然呆立，見她拿著刀，低頭望了鮮血淋漓的裴小少爺一眼，微揚下巴：「向他道歉。」

——他們還有活路！

落敗已成定局，任誰都不會想到，眼前看起來弱不禁風的嬌嬌女竟是個實力不凡的練家子。

兩人交換一個眼神，這半路出現的刺頭年紀尚小，定然沒養成殺伐果決的性子，只要他們哀聲乞求，說不定能逃過一劫。

「對、對不住！是我小肚雞腸、小人得志，還望裴少爺大人有大量，原諒我這一遭吧！」青年顫抖不止，嗓音哆哆嗦嗦：「求求二位，求求二位！」

紅衣女子急道：「對對對！是我們不該，待我們二人出去，定會洗心革面，不透露任何風聲！」

她說完抬了眼，心有餘悸地打量謝鏡辭神色，試探性發問：「這樣……姑娘可還滿意？能放我們走了嗎？」

謝鏡辭面不改色，眸光一轉，露出淺淡的笑。

她生得明豔，迎著月色揚起唇角，眼尾勾出細微弧度，如同白玉做成的鉤。

這個笑曖昧又含糊，紅衣女子卻敏感地嗅出端倪，尖聲叫道：「妳——！」

長刀倏起，話音驟斷。

飆射的血液散發出鐵鏽味，謝鏡辭用靈力築了屏障，退開一步，不讓自己被濺到分毫。

這二人是惡貫滿盈的流寇，加之對她和裴渡存有殺心，沒必要留下。惱人的傢伙已經解決，只可惜髒了她的刀。

「這不能怪我。」

手中長刀微震，伸向地上那人側臉，輕輕一抬。

一直默不吭聲的裴渡被迫抬頭，與她四目相對。

謝鏡辭一面定睛端詳他的模樣，一面自顧自開口，不甚在乎地解釋：「我只讓那兩人道歉，從沒說過會放走他們——你說是吧？」

刀刃森寒，於月下映出冷冽白光。

偏生刀尖的血跡刺目猩紅，被她順勢一挑，抹在他流暢俐落的下頜上，一冷一炙，兩相交襯，莫名生出幾分綺麗詭譎的美感。

裴家小公子長了張討人喜歡的臉，是修真界諸多女修傾慕的對象，饒是見慣了美人的謝鏡辭，初次相遇時，也在心裡發出過一聲暗嘆。

他年紀尚輕，身量正處於少年與青年之間，鳳眼狹長、薄唇緊抿，眉目間盡是清冷疏離，在與她對視時微不可查地愣住，沉默著移開視線。

和往常一樣，對她總是冷冷淡淡的。

目光向下，不只身體，裴渡的衣物同樣糟糕。

髮帶不知落在何處，烏髮凌亂披散於身後，其中幾縷被風撩起，撫在蒼白面頰上，與血漬泥沙黏作一團。

至於身下的衣物更是凌亂不堪，不但鬆鬆垮垮，還被劃出數道裂開的口子，露出傷痕累累的右腿。她只需垂眼，就能看見脖頸下白皙的鎖骨。

謝鏡辭看慣了此人光風霽月的模樣，乍一見到這般景象，不由皺起眉：「裴公子，還記得我嗎？」

若是尋常人受到如此嚴重的傷，只怕早就哭天喊地、痛苦得昏死過去，裴渡卻還有清明的神智，喉頭微動。

他唇上染了血，在蒼白至極的唇瓣上格外顯眼，嗓音沙啞得快要聽不清，又低又沉，過了好一會兒，才勉強吐出一個字：「謝……」

「謝」可以引申出許多含義。

謝鏡辭分不清他是在道謝，還是打算念出她的名字。畢竟他們二人雖然身為未婚夫妻，卻幾乎從未單獨相處，連見面交談的次數都屈指可數。

四下靜了須臾。

傷痕累累的少年輕咳一聲，拼命咽下喉間腥甜，許是被她看得不自在，刻意避開謝鏡辭直白的視線，垂眸啞聲道：「謝小姐……為何來鬼塚？」

不可思議，他居然記得。

謝鏡辭這才挑眉收了刀，心裡莫名高興，毫不掩飾眼底加深的笑意：「你覺得呢？」

裴渡竭力坐起身子，讓自己不至於保持那樣屈辱且狼狽的姿勢。

只不過如此簡單的動作，引得傷口再度開裂，血肉與骨髓裡盡是難以忍受的刺痛。

他咬著牙沒出聲。

她是來退婚的，裴渡對此心知肚明。

他筋脈盡斷、魔氣入體，不但連最基本的靈力都無法感知，身體還千瘡百孔，成了遍布傷疾的廢人，若說行動起來，怕是連尋常百姓都不如。

更何況……對於家族而言，他已成了一枚的廢棋，自此以後再無依仗。

實在難堪。

今日的變故來得猝不及防，卻也早有預兆。

裴渡原以為自己能習慣所有人冷嘲熱諷的視線，可無論如何，都不願讓她見到自己這般模樣。

恥辱、羞赧、想要狼狽逃開的窘迫與慌亂，所有情緒被無限放大，織成細密的網，讓他無路可逃，胸口陣陣發悶。

——他暗自傾慕謝小姐許多年，這是無人知曉的祕密。

很久很久了，只有裴渡自己知道，把它認認真真藏在心裡。

說來諷刺，他日夜盼她甦醒，如今謝鏡辭終於睜了眼，卻正撞上他最不堪的時候。

裴渡心裡固然酸澀，可無論如何，她能醒來，那便是令人高興的事情。更何況如今的自己成了累贅，哪能不知廉恥地高攀，被退婚也是理所當然。

像是一場讓他欣喜若狂的美夢，忽然就斷了，難過的也只有他一人而已。

而對於包括謝鏡辭在內的其他人來說，這樁被他放在心底視若珍寶的婚約，根本無足輕重。

「在下指骨已斷，無法下筆。」這段話說得艱難，他始終垂著頭不去看她，右腿微微一動，將暴露在外的皮膚藏進衣衫裡頭：「退婚書上……只能按指畫押。」

這個動作雖然微小，在寂靜的夜色裡，布料摩擦還是發出窸窸窣窣的響音。

謝鏡辭聽見聲音，斜著眼飛快一瞟，明白他的意圖後抿了唇，從喉嚨裡發出低低的笑。

這真不能怪她。裴渡向來肅肅如松下風，一副高不可攀的正經模樣，和這種委委屈屈羞羞怯怯的小動作完全不沾邊。

原來裴小少爺也會因為露了腿，而覺得不好意思。

裴渡意識到她在笑他。

這笑聲彷彿帶著灼熱溫度，烙在耳朵上，惹出難忍的燙與澀。

他不願在傾慕的姑娘面前，變成遭人嫌棄的笑話。

他不敢抬頭，心臟狂跳如擂鼓，面上卻未表露分毫，恍惚之間，聽見謝鏡辭的聲音：

「喂，裴渡。」

仍是同往常那樣懶洋洋的語氣，張揚得毫無道理。

裴渡五臟六腑受了傷，每發出一個字，胸腔都痛苦得有如撕裂。但他還是耐著性子應了一聲：「嗯。」

雲京謝家，與他隔了天塹之距，今夜一別，恐怕再也無法與謝小姐相見。

能同她多說上幾句話，那也是好的。

纖細的影子更近了一些。

在蔓延的血霧裡，裴渡聞到姑娘身上的檀香。

他緊張得不知所措，謝鏡辭卻問得慢條斯理，恍若置身事外，悠悠對他說：「你想要的，難道只有一張退婚書？」

裴渡不明白這句話的意思。

不等他抬頭，便聽她繼續道：「比如——」

對話戛然而止。

謝鏡辭的神色本似刀刃出鞘，美豔且攻擊性十足，可不知為何，忽然凝滯半晌。

在突如其來的寂靜裡，謝鏡辭聽見系統發出的叮咚一響。

她連臺詞都想好了，例如復仇、名譽、狂扁垃圾人，又酷又熱血，絕對能得到裴渡的狂熱崇拜。

但此時此刻，她只覺得自己要完。

「不行。」系統給出的臺詞在腦袋裡晃來晃去，求生欲迫使她嚴詞拒絕：「不行不行，這種臺詞絕對不行──能換一個正常點的劇本嗎？」

系統很無奈：『妳覺得我能左右世界線的變動嗎？早死早超生，妳就安心去吧。』

謝鏡辭：呵。

謝小姐的怔忪來得莫名其妙。

裴渡沒來得及出言詢問，忽然見她往前傾了一些，毫無徵兆地伸出手。

世家小姐的手經過精心護養，不似他生有粗糙的繭。

那隻手來得突然，落在他喉結之上，緩緩拂去劍傷淌下的血跡。指尖柔軟，冰涼得不像話，像絲綢或棉花。

好不容易平復的思緒頓時又亂作一團。

脖頸之間最敏銳，裴渡未曾被人觸碰過這種地方，只覺頭腦發熱，倉促出聲：「謝小姐──」

他開口說話，那塊喉結隨之上下移動，謝鏡辭似是得了樂趣，指尖用力，按住它。

溫柔的、惡作劇一樣的禁錮。

裴渡徹底不敢動了。

「比如……」

月光綺麗，映亮她琥珀色的眼瞳，紅唇不點而朱，輕輕張合。他面前是求仙問道的仙子，如今卻更像攝魂奪魄的女妖。

心臟沉甸甸地跳動。

裴渡疑心著這究竟是不是瀕死前的夢。

就算是在夢裡，他仍然連呼吸都小心翼翼，見她眉眼彎彎揚了嘴角，眼底噙著笑。

那是他已經不敢奢求的、藏在心底喜歡了許多年的姑娘。

月亮，薰香，籠罩住他的身影，繚繞於鼻尖的溫熱呼吸，一切都像飄渺虛妄，宛如糖漿構築的泥沼，令他心甘情願淪陷其中。

伴隨著陡然加劇的心跳，謝鏡辭的嗓音悠然響起，如同星火，把他本就泛紅的耳廓燙得幾欲滴血。

按在喉結上的指尖輕輕一勾，有點疼，更多的是癢。

她看著裴渡的眼睛，語帶笑意，尾音沉沉下壓，化作若有似無的呢喃：「郎君，鏡辭可是比那糕點……更美味喲。」

最後那道氣音直躥進心底。

心口如同搖墜的落葉，每一次跳躍，都攜來難以忍受的悸動，彷彿下一瞬就會轟地爆開，讓他掩藏多年的情緒無處可藏。

裴渡怔怔地看著她。

喉結無意識地上下滾落，全身是從未有過的燥熱，讓他說不出話，也動彈不得。

連抬手捂住臉上狼狽的緋紅都做不到。

『詭詭。』系統看得津津有味:『妳快看,他臉紅了耶!』

謝鏡辭就呵呵。

莫名其妙來這麼一出,裴渡向來清心寡欲,肯定覺得她是個神經病。

有的人活著,卻已經死了。

現在她立在這裡,就是一尊修真界恆久不倒的自由死神像。

系統頓了半晌,笑音裡是毫不掩飾的戲謔:『小少爺不經撩,妳怎麼也害羞臉紅了?這妖女當得不稱職啊。』

謝鏡辭咬牙,忍下耳根莫名其妙的燙,一字一頓應它:「閉嘴。」

什麼害羞臉紅。

她這輩子不可能因為裴渡害羞臉紅!

謝鏡辭覺得很煩。

她當了這麼多年的混世魔王,在裴渡看來,自己這位未婚妻哪怕稱不上什麼「重要的一生之敵」,也應該夠格成為他旗鼓相當的對手。

她自認厚臉皮,不會輕易感到尷尬,可眼下的動作這氣氛——實在太尷尬了。

穿梭於不同世界之間,謝鏡辭之所以能面不改色念出稀奇古怪的臺詞,全因那些角色不是她本人。

然而現在不同。

她置身於自己原本的身體裡，跟前還是被她視作死對頭、勉勉強強掛了個名頭的所謂「未婚夫」。

她煩悶不堪，只想拔刀砍人，停在喉結上的指尖沒有動作，甚至無意識地向下一壓。

裴渡倉促垂眸，遮掩眼底愈發深沉的暗色。

這是個曖昧至極的動作，謝鏡辭手指停在那裡，他一旦稍微低頭，下巴就能觸碰到她的指背。

於是他只能被迫仰起腦袋，將所有情緒展露在她眼前，無處可藏。

謝小姐此番前來……似乎不是為了退婚。

裴渡知道她不喜歡他。

謝鏡辭身邊圍繞著太多太多人，盡是縱情恣意的少年英才，如同燃燒著的火，永遠有無窮無盡的活力與笑。

同他們相比，他的性格木訥許多，待人接物溫順隨和，不留一絲一毫紕漏，被不少人背地裡稱作木頭。

他深知自己在裴家的身分，從無名無姓的孤兒到裴家小少爺，數年間的每一步都如履薄冰，哪能留下紕漏。

然而事到如今，他還是被趕出了裴家。

偷來的終究要還回去，直到墜下山崖的剎那，裴渡才終於明白：他不過是個用來懷念已故大少爺的替代品，活了這麼多年，一步步往上爬，一點點靠近她，結果倒頭來，仍然像個不值一提、沒人關心的笑話。

深夜的鬼塚風聲嗚咽，遠處傳來惡狼嚎叫，裹挾著血氣，預示著潛藏在黑暗裡的危機。鬼門將開，不少宗門與家族彙聚此地，欲要前往鬼域尋獲機緣。

謝小姐重傷初癒，定是在家族陪同下來到這裡，無意間撞上他遭人羞辱的場面，順手解圍。

偏偏被她見到那樣不堪的一幕。

裴渡咽下喉間腥甜，用力後退一些，避開她的觸碰與視線：「謝小姐，鬼塚危機四伏，不宜久留。妳若無事，不如自行離去，與同行之人會合。」

這是真心話。

他修為盡失，謝小姐應該只恢復了不到一半，倘若遇上實力強勁的魔物精怪，裴渡不但自身難保，還會拖累她。

「自行離去？我要是走了，把你留在這裡餵狼？」謝鏡辭笑了：「再說，我獨自來到這裡，哪有什麼同行之人。」

謝家怎會讓她單獨前來。

裴渡訝然抬頭，與她四目相對。

一個絕不可能成真的念頭緩緩浮現，他短暫想起，在心裡嘲笑自己的自作多情。

然而在黯淡月光裡，謝鏡辭卻朝他彎了彎眼睛。

她的笑聲中噙著顯而易見的傲，裴渡聽見她說：「我是專程來尋你的。」

僅僅是這樣簡單的一句話，就足夠讓他控制不住心臟狂跳。

他們二人雖然訂了婚，卻是出於父母之命，以及他隱而不表的一廂情願。兩人為數不多的幾次碰面，都是在學宮的比武臺上。

謝小姐並不喜歡他，每次相見都冷著臉，不曾對他笑過，裴渡亦是恪守禮法，不去逾矩侵擾。

她怎會……專程來尋他？

「之前那句『郎君』，不過是玩笑話。」

謝鏡辭收刀入鞘，刀光劃過夜色，發出清澈嗡鳴。

比起此前的旖旎，如今的模樣才更像她，柳眉稍挑、唇角微揚，細長眼眸裡蘊著銳光，好似利刃緩緩出鞘：「他們都說你墮身成魔、與魔族勾結作惡，我卻是不信的。裴家那群人害你至此，你難道不想復仇？」

終於說出來了。

在她昏迷不醒的既定劇情裡，裴渡將被奪走曾經擁有的一切──名譽、尊嚴、完好的身體，甚至陪伴他多年的名劍湛淵。

歸根結底，他只是個養來玩玩的替身，從未被真正接納，等玩膩了，就是棄若敝屣的時候。

可如今的情況截然不同。

偌大世界裡，哪怕只存在唯一一個不起眼的變數，也能把結局攪得天翻地覆。更何況身為不遜於裴渡的少年天才，她這個變數，無論如何都稱不上「不起眼」。

「我能幫你。」她的聲音有如蠱惑：「你想不想要？」

裴渡定定地看著她。

謝小姐還是這副模樣。

總是玩世不恭地笑，其實暗藏銳利鋒芒，一直站在很高很高的地方。

譬如現在，他們近在咫尺，彼此間的距離卻有如雲泥之別。

說來可笑，他在她身後追趕這麼多年，好不容易越來越近，卻在須臾之間成了無用功。

少年眼底現出幾分自嘲，來不及出口，忽然聽見天邊傳來一道詭異悶響。旋即狂風大作、群鳥驚飛，堆積的泥沙塵土肆意飛揚，天地變色。

這變故來得猝不及防，他被風沙迷了眼，竭力在混沌夜色中分辨謝鏡辭的影子，還沒起身，便聞到一陣薰香。

——有人俯了身子攬過他腦袋，以靈氣為屏障擋住風沙，護住裴渡。

這勉強稱得上一個擁抱。

他緊張得連呼吸都停下了，反射性捏緊被血浸透的衣衫，一動也不動。

「鬼門將開，我們好像正處風暴眼。」與他相比，謝鏡辭的語氣坦坦蕩蕩，甚至帶著些走霉運後的不耐煩：「……大概要被捲入鬼界了。」

鬼域乃是諸多鬼修與魔修的聚集地，與世隔絕、自成體系，與修真界唯一的通道，是十五年一開的鬼門。

謝鏡辭所言不虛，當她再睜開眼，所見是與之前大不相同的景象。

預料之外的是，鬼域並非想像中那般黑雲壓頂、寸草不生，此刻鋪陳在眼前的，竟是一處梅花開遍、大雪封山的凜冬盛景，安寧祥和。

而她和裴渡，正置身於山腰的洞穴中。

謝鏡辭簡直要懷疑裴渡是不是有什麼霉運光環。

按照她原本的計畫，是儘快將他帶離鬼塚，等回到雲京，再和爹娘一同商討療傷事宜。如今看來，短時間內定然沒辦法歸家。

「鬼門未開，我們應該恰巧碰上了結界動盪形成的縫隙，被陰差陽錯捲進這裡。」她曾經查閱過與鬼域相關的古籍，認命般嘆了口氣：「縫隙時隱時現，想回修真界，恐怕只能等到鬼門正式打開了。」

顧名思義，「鬼門」是一扇連通兩界的巨門，每隔十五年開啟三日，在此期間，任何人都能光明正大進出鬼域。

而現下正值鬼門開啟的前夕，空間交錯、尚未磨合完畢，難免會生出縫隙，將人拉進鬼域。

除了靜待鬼門大開，他們沒有別的法子脫身。

「不出三日，我們應當就能離開此地。在那之前，還是先把你的傷——」說到這裡，饒是大大咧咧如謝鏡辭，也不由得頓了頓，輕咳一聲：「不過你指骨全斷了，是麼？」

裴渡一愣。

禁術反噬巨大，他的指骨、腕骨與肋骨都受到不同程度的衝擊，其中握劍的手，已經連動都很難了。

至於謝鏡辭的那番話，其中深意再明顯不過。

洶湧熱氣轟然上竄，裴渡猛地低頭。

「不必。」他嗓音喑啞，開口時咳嗽了幾聲，努力掩下狼狽之態：「傷勢不重，我自己來就好。」

裴小少爺居然還挺要強。想來也是，他連腿被見到都會臉紅，怎會願意讓旁人上藥。

謝鏡辭不清楚他的實際傷勢，對於這句話半信半疑，從儲物袋裡拿出玉露膏，遞給裴渡時，晃眼瞥見他的手。

裴渡曾經有雙漂亮的手，手指修長、骨節分明，冷白的手背上能隱隱見到青色血管，最適合握劍。

此時向她伸來的手卻是血肉模糊，食指骨頭斷得厲害，軟綿綿向下倒伏，被妖魔侵襲的抓痕處處，雖然似乎被用力擦拭過，卻還是滲出新鮮的殷紅血跡。

他覺察到這道視線，低頭把手掌藏進袖子裡，只露出短短一截指節。

謝鏡辭俯了身，看他輕顫著握住瓶身，把玉白色膏體傾倒在指腹上。

這隻手指被特地擦拭過，不見絲毫血跡與灰塵，她看得入神，忽然聽見裴渡道了聲：「謝小姐。」

謝鏡辭聞聲抬眸，毫無徵兆地，右側臉頰突然多了點涼絲絲的冷意。

——裴渡抬了手，指尖落在她側臉，幾乎是蜻蜓點水地柔柔一掃。

直到這時候，她才意識到那裡隱隱作痛，想必是在對決中不經意受了傷。

他的手指軟得不可思議，因為疼痛而輕微抖動，當謝鏡辭向前望去，正好能見到裴渡黑沉沉的瞳孔。

像一湖幽深的水，因為她的目光而匆匆一蕩。

「有傷。」他停了一瞬，把手從她臉上挪開，遲疑地攤開手掌，露出被一絲不苟擦過的那根指頭，低聲解釋：「妳放心，這隻手不髒。」

謝鏡辭：「……」

這人怎麼回事，手指壞成這樣，得了藥後最先想到的，居然是她臉上一條不痛不癢的小傷。

很難描述聽到那五個字時，心裡像是被小蟲子叮了一下的感受。

於是謝鏡辭乾脆不去細想，一把奪過裴渡手裡的瓷瓶，朝他揚起下巴。

他這手指，短時間內肯定用不了了。

謝鏡辭：「脫衣服，上藥。」

周遭出現一陣冗長的寂靜。

裴渡似是沒料到她會如此直白，驚愕抬頭。

他睫毛很長，面上蒙了風沙與血汙，唯有一雙眼睛黑得發亮。

這次的人設是魔教妖女，當初在快穿的小世界裡，謝鏡辭的設定是百分百獻媚被拒。

正道人士無一例外大打出手，唯有這次的裴渡倉促移開視線，壓著聲音道了句：「謝小姐……」

謝鏡辭：「幹嘛。」

謝鏡辭稍作停頓，對這種情況下可能出現的所有臺詞搶先答覆：「第一，咱們修真界沒那麼男女授受不親，更何況我們身為未婚夫妻，不必有太多顧忌；第二，血不髒，你身上也不髒，就算真的很髒，碰一碰也不會死人；第三——」

裴渡被她說得一愣一愣，滿口言語全被堵了回去。

還沒消化完謝鏡辭的這段話，又聽見她毫無感情地開始背臺詞：「哦，我明白了。你不願讓我觸碰，是不是覺得我在打鬥中染了血，嫌棄我髒？」

裴渡呆呆地看一看她乾乾淨淨的留仙裙，又望一望自己滿是血汙的白衣。

等等，這好像是他打算說的話……吧？

魔教妖女最擅長做什麼。

魅惑，裝可憐，無理取鬧，每當遇見正道俠士，都要可憐兮兮來上一句：「大俠可是覺得我髒，嫌棄了？」

謝鏡辭她是老妖女了。

這招先發制人打出了兩極反轉，裴渡哪裡見過此等操作，只能茫然地安慰：「謝小姐很好，不髒，那種事情……我不介意。」

「那種事情？」他的反應實在有趣，謝鏡辭眨眼，尾音惡趣味地上揚：「那種事情，是指哪種事情？」

她莫名覺得心情不錯，看眼前清冷出塵的少年劍修因為這句話長睫輕顫，慌張到不知所措。

他猶豫了好一會兒，才用乾澀且茫然的口吻低聲應道：「不介意……脫衣，讓謝小姐為我上藥。」

他居然真把這句話說了出來。

裴渡覺得羞恥，嗓音越來越小，眼底是拼命掩飾卻滿滿當當溢出的窘迫。

耳朵上的火愈來愈烈，燙得他腦袋發懵。

他平日裡何其冷冽，還是頭一回露出這樣的表情。

謝鏡辭饒有興致打量裴渡眼尾的那抹紅，不知怎麼竟覺得十足有趣，笑意快要止不住，只得抿了唇，佯裝輕咳一聲。

『厲害厲害，我還記得，當年妳說起自己的願望。』系統嘖嘖：『一年之內讓裴渡在身下求饒，三年之內衝擊元嬰境界——這麼快就實現了第一個，可喜可賀啊！』

謝鏡辭拳頭又硬了。

你閉嘴吧！她的原話明明是「打得裴渡心服口服，在身下求饒」好嗎！

混蛋系統看熱鬧不嫌事大，她正要義正辭嚴地討伐，前者卻大驚小怪地「哇」了一聲。

謝鏡辭只能收回思緒，看面前的裴渡抬起手，艱難地指尖一動。

他動作很輕，低頭看不見神色，從謝鏡辭的角度望去，只能見到陡然露出的、像蝴蝶那般展開的瑩白鎖骨，與流暢漂亮的肩部線條。

不知是染了血還是別的緣故，在冷白皮膚上，覆著層桃花樣的薄紅。

隨著衣衫被緩慢下拉，布料途經皮膚上細密的血痕，雖輕柔，卻也攜來難以言喻的陣陣刺痛。

因為這股痛意，褪去衣物時的觸感顯得格外清晰，裴渡繃直脊背，暗自咬了牙。

今日發生的所有事情都沒頭沒腦，他糊里糊塗地遇見謝小姐，又糊里糊塗被她牽引著思緒，竟親口說出那樣直白露骨的話，還……還當著她的面褪下衣衫，顯露這具傷痕累累的身體。

這壓根不是他預想中的劇情。

裴渡向來遵規守矩，習慣把所有情緒壓在心底。

兩家訂下婚約那日，他卻破天荒喝了酒，獨自坐在桃樹下，把臉埋進膝蓋裡悄悄笑。

那是他好幾年裡頭一回那麼開心，像被美夢砸中了頭頂。

院子裡的桃樹成了精，打趣地告訴他：「你那未婚妻一定也很高興。小少爺一表人才、天生劍骨，就算單單看這臉蛋身材，也能讓諸多女子心生愛慕。」

裴渡喝得迷迷糊糊，只記得自己搖了頭。

按謝小姐那樣的性子，定然不會覺得多麼高興。

她對人總是懶洋洋地笑，唯獨面對他，會突然冷下臉來，握緊手裡的刀——她一直是厭煩他的。

裴渡那時想，如若謝小姐實在煩他，那便在成婚之前擬一封退婚書。

這退婚書必須由她來寫，畢竟被退婚的那一方，名聲必然會受到折損。

至於在婚約仍然有效的這段時間，他想自私一些，享受這偷來的夢。

只要短短一段時間就好，起碼能讓他覺得，這麼多年的盼頭總算有了落腳的地方。

——雖然機率微乎其微，可若是謝小姐不想退婚呢？

那他們便會拜堂成親，裴渡雖然沒有經驗，但也知曉洞房後的肌膚相親。

那日醉了酒的少年望著桃樹怔怔發呆，紅著臉很認真地想：他這具身體，會不會討謝小姐喜歡？

學宮的師兄師弟都說他身形極佳，無論如何，應該不會讓她失望。

按在前襟上的殘損食指動作一頓。

當真……不會讓她失望嗎？

洞穴陰暗幽謐，從洞外透出些許瑩白的雪光。

裴渡低垂眼眸，視線所及之處，是胸前猙獰的傷口，與斷裂扭曲的手指。

他努力想讓她滿意，到頭來展露在謝鏡辭眼前的，卻是這樣一副狼狽不堪的模樣。

「怎麼了，手很疼？」謝鏡辭哪裡知曉他的所思所想，見裴渡愣了神，只當這人疼得沒法繼續，仗義地俯身向前：「別動。」

她從小到大潔身自好，但好歹在小世界裡見識過無數大風大浪，即便見了男人上半身，也不會覺得多麼羞赧。手一抬，那件染了血的白衫便從他肩頭落下。

洞穴外的刺骨寒風洶洶襲來，裴渡被凍得打了個寒顫。

修真之人靈氣入體，有冬暖夏涼、調節體溫的功效。

他來鬼塚只穿了件單薄白衫，待到修為盡毀，只覺寒意入骨、冷冽難耐，此時沒了衣物遮擋，冬風像小刀一樣割在皮肉上。

然而這樣的感覺只持續了須臾。

一股無形暖氣從謝鏡辭掌中溢出，似潺潺流水，包裹住他。

她拿著玉露膏和棉帕，漫不經心地問：「那我開始囉？」

裴渡啞聲回了個「嗯」。

那層衣衫褪去，他的傷口盡數顯露出來。

裴渡在魔潮裡苦苦支撐，前胸後背都是撕裂的血痕，至於裴風南的那一掌，更是在小腹留下了烏青色的掌痕，只怕已經傷及五臟六腑。

謝鏡辭看得認真，視線有如實體，凝在他胸前一道道不堪入目的血口上。

裴渡不願細看，沉默著移開目光。

謝鏡辭同樣修為受損，只能替他施一個最簡單的淨身咒。血跡與泥沙消去大半，沒能澈底清理乾淨，她便握著棉帕，幫他擦拭凝固的血跡。

隔著一層柔軟的布，他能感受到對方指尖的輪廓。

陌生卻溫和的觸感從脖頸向下，逐漸往腹部游移。心臟跳動的頻率前所未有的快，幾乎要衝破胸膛。

裴渡唯恐被她察覺，只好笨拙開口，試圖轉移謝鏡辭的注意力：「謝小姐，多謝相助。」

他說罷一頓，終於問出那個困擾自己許久的問題：「謝小姐為何要幫我？」

「我？」謝鏡辭抬眸與他匆匆對視，很快低下頭：「想幫就幫了唄。」

要說究竟為什麼救下裴渡，其實她也講不清楚。

或許是看不慣裴家那群人下三濫的伎倆，或許是一時興起，又或許，僅僅是想救他。

在所有同齡人裡，裴渡是少有能讓她欣賞的對手。無論怎麼說，在謝鏡辭眼裡，他和旁人不大一樣。

隨心也好，任性也罷，她想做就做，沒人能攔下。

『要我說，以這位小少爺的臉和身量，絕對勝過那些小世界裡所有男主角啊。』系統咂嘴，興致勃勃地問她：『怎麼樣，有沒有什麼想法？』

謝鏡辭很客觀地表示贊同：「的確瘦而不柴。他之所以劍術超群，同這具身體脫不開干係。」

系統：『……』

它不知道應該吐槽「瘦而不柴」還是「劍術超群」，心灰意冷地選擇閉嘴。

等大致擦拭完畢，就可以上藥。

和之前的清理不同，上藥沒了棉帕隔擋，沾了玉露膏的手指輕輕按下，會直接觸碰到傷口。

謝鏡辭第一次幹這種事，唯恐一個不留神就讓裴渡的傷勢雪上加霜，等指尖擦過他胸前的抓痕，抬眼問了聲：「這樣疼嗎？」

她說話時手指沒動，按在他胸口。皮膚相貼，能感受到胸腔裡無比劇烈的心跳。

裴渡脖子全是紅的，當謝鏡辭掀起眼皮，一眼就見到他滾動的喉結。

他似乎很容易不好意思。

她分明聽說，這人拒絕其他女修示好的時候，冷冷淡淡像冰一樣。

裴渡：「……不疼。」

他雖然這樣說，謝鏡辭卻還是放輕了力道。

當她全神貫注上藥的時候，裴渡終於能垂下視線，悄悄打量她。

這些年來，每當兩人置身於同一處地方，他都會用餘光穿過重重人潮，悄無聲息地偷偷瞧她，一旦謝鏡辭轉過身來，便若無其事收回目光。

倘若被謝小姐知道，肯定會氣得不輕。

她臥床一年，膚色是許久未見陽光的蒼白，低頭時長睫遮掩了視線，顯出前所未有的安靜乖順。

溫暖的靈力籠罩全身，柔軟指腹撫過猙獰的疤痕，每一個動作都格外小心。謝小姐看上去沒心沒肺，其實比誰都要溫柔耐心。

裴渡看得入神，沒留意謝鏡辭手下用力，挑去一粒嵌入傷口的石塊。

鑽心劇痛牽引著破碎的五臟六腑，他被疼得有些懵，下意識發出吃痛的氣音。

像是一聲被極力壓抑的低哼，尾音化作綿軟的呼吸輕顫。

謝鏡辭聞聲抬頭，正撞上對方轟然爆紅的臉，與直愣愣盯著她看的眼睛。

像呆呆的布偶。

她本想打趣幾句，看他實在窘迫，只能正色斂了笑，把話題轉開：「你不便行動，待會兒就在這裡歇息。」

裴渡渾身僵硬，連點頭都沒有力氣。

那些傷口無一不是撕心裂肺的疼，他拼命忍耐，才沒在謝鏡辭面前發出一聲痛呼，結果不但功虧一簣，還讓她聽見那麼……那麼奇怪且羞恥的聲音。

他只要一想起來，就難以抑制地頭腦發燙。

「你的傷雖然嚴重，但並非無可救藥，只要悉心調養，總能恢復。」

食指來到小腹，劃過緊實漂亮的肌肉。謝鏡辭沒想到這地方如此堅硬，好奇心作祟之下，不動聲色往下按了按。

還是硬邦邦的，和其他地方的軟肉完全不一樣。

裴渡別開視線，面色淡淡地默念清心訣。

他傷勢複雜，主要集中在前胸與後背，上藥用了不少時間。

玉露膏乃極品膏藥，據謝鏡辭所說，不過三個時辰，大多數傷口都能結痂恢復。

「你在此地休憩，我出去探查一番情況，要是醒來見不到我，不用慌張。」她好不容易結束一項大工程，等終於幫裴渡穿好上衣，一邊滿心愉悅地說，一邊從儲物袋拿出幾張符紙，用石塊壓在他身旁：「這是傳訊符。如果遇上意外，不用寫任何內容，直接把符紙傳給我就好。」

若是在平常，裴渡絕不會任她獨自一人冒險，但以他如今的情況，就算跟著去，只會成為負擔。

心底湧起沉悶的躁意，他將這份情緒悄然壓下，低聲回應：「當心。」

謝鏡辭語氣輕快地道別，走得沒有留戀，到洞口時卻忽然身形一停，轉身回來。

「差點忘記——」

她動作很快，從儲物袋裡拿出一件厚重寬大的雪白色斗篷，彎腰披在裴渡身上。

軟綿綿的絨毛讓他覺得有些癢，耳邊傳來謝鏡辭的笑：「我只有這個，保暖應該沒問題，不會讓你著涼。」

她事先用靈力把斗篷烘熱，在暖洋洋的錦裘裡，裹挾著似曾相識的檀香。

裴渡下意識捏緊領口：「多謝。」

他膚色冷白，嘴唇亦是毫無血色，本應是冷冽疏朗的長相，這會兒被裹進斗篷裡，烏髮凌散、瞳仁清凌，竟多出幾分莫名的乖順。

讓人忍不住想要捏一把。

謝鏡辭因為這個念頭眸光一轉，抬手向他道了別。直到她的背影離開視線，洞穴裡的少年才微微一動。

身上的傷口發痛，裴渡小心翼翼攏緊領口，鼻尖埋進綿軟的絨毛。

也許……謝小姐沒有那麼討厭他。

右手探出斗篷之外，手腕越發用力地收攏，裴渡動作生澀，彷彿抱緊一般，將厚重的布料護在臂彎裡。

只有疼痛才能讓他清楚意識到，這裡並非夢境。

夜色靜謐，年輕的劍修將自己蜷縮成圓圓一團，在淺淡的香氣裡垂下長睫，露出安靜無聲的笑。

鬼域裡雪花飄飄，鋪天蓋地的大雪在夜色裡狀如白霧，被月光一映，如同自天邊鋪陳而下的長河。

往上看是灰濛濛的穹頂，往前則是梅枝處處。白泠泠的冰稜垂墜於枝頭，似野獸咧開的尖銳獠牙。

其實對於謝鏡辭而言，來到鬼域並非多麼難以接受的事。

她有個一直想見的人住在這裡……只可惜她對那人的去向一無所知。

至於鬼域，與外界不同，這裡沒有明確的國家與屬地劃分，各大修士占地為王，統領一方。雖然秩序不一，但鬼域信奉著永恆不變的真理：強者為尊。

奈何如今的謝鏡辭算不得強者。

她孑然行在雪裡，調動少許靈力，使其充盈在大病初癒的經脈裡頭，不耐地皺眉。

當初筋脈盡斷的重創加上這一年來的昏睡，讓這具身體處於極度衰弱狀態。更何況她的神識在眾多小世界裡來回穿梭，體驗過那麼多身體，好不容易回到最初這個，反倒覺得陌生又生澀，難以得心應手地調控。

昏迷之前，她與裴渡的修為都是金丹，這會兒滿打滿算，充其量只剩下築基的水準。

頭疼。

謝鏡辭邊走邊張望，眼看梅樹漸漸減少，終於瞥見一幢屹立在皚皚白雪裡的房屋。她與裴渡所在的地方，應該屬於郊外不起眼的小荒山。等下了山一步步往前，城鎮的輪廓越發清晰。

鬼域封閉多年，城中多是白牆黑瓦的老式建築，看上去並不繁華，好在房屋眾多，萬家燈火亮若流螢，平添不少熱鬧的人氣。

她和裴渡不得不滯留在鬼域，以他的身體情況，鐵定不能一直住在山洞裡，必須儘快尋處客棧住下。若是運氣好，說不定在這途中，還能打聽到她所尋之人的下落。

等等。

謝鏡辭大腦一滯，意識到某個極為嚴肅的問題。

眾所周知，有錢才能使鬼推磨。謝家不缺錢，她沒料到會誤打誤撞來到鬼域，只帶了一大堆靈石，但這地方的貨幣……似乎並非靈石，而是「魔晶」。

完了。

她滿心倚仗的金滿堂，全變成小白菜地裡黃。

這個慘痛的現實無異於晴天霹靂，劈里啪啦轟下來，讓謝鏡辭真真切切體會到什麼叫人生第二冬。

魔晶在外界並不流通，她只見過幾顆作為藏品的古貨幣。記憶裡，那玩意通體暗紅、棱角分明，內裡混濁不清，還——

念及此處，謝鏡辭又是一呆。

如今她站在街道上，由於臨近郊外，見不到什麼人影，而在她腳下，赫然是一顆暗紅色小石頭。

不會吧……魔晶？

謝鏡辭躬身拾起，在抬頭時，又在不遠處見到另一顆。

街道鋪滿鵝毛大雪，在四下寂然的冷白裡，紅色的魔晶格外醒目。待她站起身子，才驚覺散落的晶石連成了一條長線，向一處小巷延伸。

要麼是有誰錢袋漏了，要麼是齣請君入甕、守株待兔的爛把戲，只等她進入小巷，再威逼搶劫。

謝鏡辭來了興致，順著軌跡步進小巷。

如果是前者，她大可出言提醒，若是遇上後者，正好能將計就計，對不法之徒做出不法之事，奪些必要的錢財——

能用這麼拙劣的伎倆，頂多是街頭惹是生非的小混混，跟新手村裡的小怪同個等級，謝鏡辭完全不怕。

道德是什麼東西，她們這些壞女人沒有心。

她做好了萬全的準備，然而走進小巷時，還是不禁一詫。

沒有錢袋破損的可憐人，也沒有凶神惡煞的匪徒，坐在巷子裡的，只有一個身著純黑夜行衣、抱著破洞大麻袋數錢的年輕男人。

謝鏡辭愣愣地看著他。

他也呆呆回望這個突然出現的女修。

場面一時間很尷尬，還沒等謝鏡辭開口說話，就聽見身後響起腳步聲，旋即是一道驚天地泣鬼神的高昂男音：「找到了，賊在這裡！有兩個，正在銷贓——！」

謝鏡辭看向自己手裡的魔晶。

什什什麼賊！怎麼可以這樣憑空汙人清白！修士的偷那不叫偷——不對，她真沒偷啊！

她手裡拿著魔晶，又和竊賊同處巷裡，恐怕跳進黃河也洗不乾淨。

謝鏡辭還能怎麼辦，三十六計，走為上策。

她初來乍到，不想惹上麻煩，迎著黑衣竊賊驚詫不已的眼神，調動靈力轉頭就溜。

由於修為不低，穩穩壓了尋常修士好幾座山頭，身後的人就算想追，也是有心無力。

當反派時逃跑了那麼多回，謝鏡辭自然明白，想避開耳目，得去人多的地方。

她不熟悉鬼域，漫無目的晃蕩了好一陣，好不容易見到一間人滿為患的商鋪，沒做多想就鑽了進去。

這座城鎮極為冷清，謝鏡辭之前還困惑不已，如今看來，恐怕大部分居民都來了這裡。

她想不明白究竟什麼東西能有如此大的魅力，好奇地往前擠了幾步，在連綿起伏的歡呼聲裡，越過人影，見到一面等身高的圓鏡。

圓鏡之上如同電影放映，赫然映照出高聳入雲的碧綠河山，山巔有兩人執劍對拼，劍光紛然，能與日月爭輝。

身旁有人問道：「今日能見到排名榜上兩大高手對決，實在酣暢淋漓——你們都壓誰贏？」

其餘人七嘴八舌地應：

「秦訣身法詭譎，以莫霄陽那樣直來直往的劍法，恐怕很難傷到他。」

「不不不，哪能這麼說？看見莫霄陽的劍氣沒？在那般猛烈的劍氣下，任何身法都沒轍，只能硬扛。」

「方才莫霄陽不是中了一劍嗎！秦訣穩了！」

「等等等等，莫霄陽這是——這招是怎麼回事？秦訣倒了？」

嘈雜的議論與驚呼充斥耳畔，謝鏡辭望著那面圓鏡，略一挑眉。

原來是這個。

想來也對，能讓所有人趨之若鶩，哪怕在萬籟俱寂的深夜，也能引來如此多觀眾的，除了它，恐怕再無他物了。

當今靈力正盛，宗門道派百舸爭流，是修為至上、強者為尊的時代。儒生的天下已成過去，天下人爭相追逐的，乃是立於萬法之巔的仙道與武道。

眼前這面圓鏡，她並不陌生。

修真之人多數尚武，比試在所難免，煉氣期倒還好，倘若遇上元嬰以上的大能相約對決，一招能毀去半座山頭。

大能們打得有多瀟灑，打完賠錢的時候，眼淚流得就有多麼自在，一場架打完，要在黑煤窯打一百年工。

這哪說得過去啊。

為避免出現這種尷尬的情況，玄武境應運而生。

所謂「玄武境」，即是把對決兩人的神識抽離至祕境，以神識展開對決，若有旁人欲要觀戰，還能藉由鏡面投出影像。

她是玄武境裡的常客，值得一提的是，戰績並不難看。

「我聽說，鬼域之外的修真界，按照玄武境裡的戰力，也給每個大境界設了排行榜——不知道那些排名上的人同咱們鬼域的高手撞上，會是什麼景象。」

「鬼門是不是快開了？到時候比上一比，也不是沒可能。」

「都這時候了，還管什麼鬼門啊——快看，莫霄陽勝了！這回的獎金是多少？大手筆啊，一萬魔晶！」

歡呼聲幾乎要掀翻屋頂，謝鏡辭不喜歡太過吵鬧的環境，向後退開幾步，腦袋裡只剩下大大的四個字。

一萬魔晶。

「姐姐。」

雪夜幽寒，空茫月色下，身著留仙裙的姑娘側了頭，朝身旁陌生的魔族女人溫和一笑。

她生得嬌美，嗓音亦是脆生生的，同圓鏡裡彌散的血色相襯，顯而易見地格格不入：

「這個可以掙錢嗎？」

另一邊，蕪城監察司。

終於找到闖入金府的竊賊，然而案件尚未終結，一場嚴刑逼供在所難免。

「別嘴硬了，實話實說，對大家都好。」

地上五花大綁的人被打得鼻青臉腫，一旁高大的魔修男子苦口婆心，滿目盡是疲憊惋惜：「瞞著我們有什麼用？你和那姑娘的情誼哪怕再深厚，也比不上自己的命重要啊。」

另一位瘦削女子痛心疾首：「你們擅闖金府盜竊，咱們鬼域不是法外之地，定要尋個說法。我知道你與那姑娘情投意合，不願拉她下水，但也要考慮考慮自己的安危啊！付——你叫什麼名字來著？」

她說到這裡，視線斜斜瞥過手裡的畫押書，念出最上一行的名字：「哦，付南星。」

「說了八百遍，我真不認識那女人！」付南星氣到七竅生煙：「誰知道她怎就突然竄出來，還莫名其妙拔腿就跑——我是無辜的！還有沒有天理了！陷害，這是陷害！」

金府家丁趕來時，那女人倏地一下躥出去，比他溜得還快，當時他震驚得眼珠子都要飆出去了，他也很莫名其妙好不好！

對面那兩人像兩隻鬼，神情複雜地盯著他瞧，看那眼神，分明在說「你編，接著編」。

他澈底絕望了。

這個世界趕緊毀滅吧。

「被打成這樣，也堅持固守本真。我在監察司這麼多年，頭一回見到如此重情重義之人。」女人仰頭眨眼，眼底隱約有淚光閃爍：「我知道了，你之所以盜竊，是不是因為家裡奶奶病重，或者年幼的弟弟、妹妹沒錢上學堂？你不可能無緣無故偷竊，一定有苦衷，對不對？」

付南星一動也不動，像條躺倒在地的死魚。

他開始認真地思考哲學與人生。

「我自認堅韌，遇上你，方知自己的德行還遠遠不夠。」男人猛地一捶刑桌，咬牙切齒：「為什麼就是不說？罷了……倘若真說了，你也就不是你了。我敬你是條純爺們，真漢子!」

一滴淚從眼角滑過,付南星像極被玩壞的破布娃娃,第無數次重複那句臺詞:「我不知道不知道不知道,真的不知道。」

——他也想說啊!可他能說什麼,說他的眼珠子是怎麼被那女人的身法震撼,差點飆出去的嗎!

男人劍眉一擰,眼眶隱隱泛紅:「小星,我從未見過像你這般癡情倔強之人。今日相逢也算有緣,不如我們就地結拜,結作異父異母的兄弟。你奶奶和弟妹的錢,我可以出力解決。」

——為什麼突然就接受了那個奶奶弟弟妹妹的設定啊!你們這群魔修有病吧!不要給別人加一些奇奇怪怪的苦情戲好嗎!

「我只有一個問題。」付南星五官猙獰,艱難開口:「我身法快,行蹤也足夠隱蔽,你們為何能發現我?」

一男一女無言對視,那女人搶先發話:「如今下雪,你卻穿了黑色夜行衣……這其實是你計畫裡的一部分,只是為了讓那個姑娘逃出生天對不對?你真傻,真的。」

「小星賢弟,除了有意而為之,只有傻子才會在雪天一身黑的跑路。大家懂的都懂,你是條漢子,為兄佩服。」

身體和人格受到雙重打擊,付南星哭得梨花帶雨。

你才傻子，你全家都是傻子。

「兄弟，職責所在，我們該打的還是要打，忍一忍就過去了。擦乾淚不要怕，至少你還有夢。」男人情真意切地安慰：「你想想，如今你雖身陷牢獄，她卻安安穩穩躺在溫暖的被褥裡。她那麼幸福，那麼美滿，你的一切付出都是值得的，振作起來！」

付南星：「……」

付南星垂死病中驚坐起，差點怒火攻心：「靠！」

——最好不要讓他遇到那女人！

第二章　鬼域蕪城

謝鏡辭嘴甜會說話，輕而易舉套得了這地方的消息。

此地名為蕪城，是鬼域裡一座邊陲小城，由名為「江屠」的元嬰期魔修鎮守。

至於她所處的地方，是蕪城中最大的武館，名曰：天演道。

「在玄武境裡打擂臺賽，勝者固然能得到報酬，但這玄武境，可不是誰都能進。」被她問話的魔族女修是個話癆，領著謝鏡辭站在門口，一面看圍觀群眾意猶未盡地散去，一面倚在門闌上滔滔不絕：「妳的修為是什麼水準？說了妳也別覺得受打擊，沒有築基的水準，武館不會讓妳上去打的。」

謝鏡辭猶豫須臾，緩聲應道：「築基……應該是有的。」

玄武境是神識編造的幻境，她雖然身上留有舊傷、損傷了實力，但在識海之中，那份保存完好的神識……

說不定還同往常一樣。

也就是說，一旦進入玄武境，謝鏡辭很可能會恢復金丹修為。

這個想法讓她心下一喜，因此說話時停頓了一段時間。

這個動作極微小，卻被身側的女人敏感捕捉。後者不露聲色，心裡很快有了推測。眼前的年輕姑娘很陌生，如今鬼門尚未正式開啟，看她的模樣，應該是來自其他城市的富家女。

至於被問起修為，她之所以會出現短時間的愣神，定是因為這姑娘剛步入築基，或是正處於煉氣大圓滿，對自己的實力沒什麼底氣。

一看就沒經歷過生活的毒打，只是想來湊湊熱鬧。

「就算有築基修為，想打擂臺賽，也要先得到武館的應允。」

女人慢條斯理，說罷指了指武館一處角落。

武館很大，除開正中央的碩大圓鏡，同樣引人注目的，還有分布於兩側的擂臺與數面小鏡。

煉氣期多在擂臺對決，境界再高一些，就可以進入玄武境內比試，對決場景會由那些小鏡子投映。

熙熙攘攘的人潮已散去大半，在女人指向的角落裡，立了好幾個高大健碩的年輕人。

與其他看熱鬧的圍觀群眾不同，他們顯然是修為不低的練家子，即便收斂了殺意與靈力，也能在無形中顯出凜冽的震懾之意。

「那些是館主的弟子，想登擂，至少先打敗他們其中一個。」女人道：「他們大多是築基期，像莫霄陽那樣的佼佼者，甚至到了金丹。以妳築基起步的修為，無論撞上誰，恐怕都無異於雞蛋碰石頭。」

這個規矩不難理解。

今日是全民矚目的大賽，故而沒收取魔晶作為門票。在平日裡，看客們花了錢進來，必然不願見到阿貓阿狗之間的撓癢癢。

女人解釋完，本以為面前的姑娘會識相放棄，沒想到對方非但神色不變，還尤為順口地接話問：「金丹？他是金丹幾重？」

女人輕笑。

不管莫霄陽究竟金丹幾重，都不是這丫頭應該關心的問題——

她會在見到他之前，就從其他人的拳頭下瞭解到社會險惡，而莫霄陽也絕不會浪費時間，和一個嬌生慣養、修為不高的大小姐比試。

「大概四五重。」女人雙手環抱看她一眼，挑眉道：「妳既然找上我，咱們二人便算是有緣。我同這家武館關係不錯——妳跟我來。」

她說罷朝那群弟子走去，謝鏡辭乖乖跟上：「我名叫謝鏡辭，不知姐姐如何稱呼？」

女人話未說完，角落裡就響起一道清越少年音：「雀姐！」

「沈雀。妳叫我——」

謝鏡辭抬眼一瞧，正是那群年輕的武館弟子之一。

「就像這樣叫。」沈雀朝她聳肩笑笑，旋即朗聲道：「今日霄陽取勝，恭喜。」

其中一名少年帶著幾分自豪地接話：「大師兄畢竟是大師兄，在蕪城裡除了師父，我還真不知道有誰能打過他。」

沈雀點頭：「此戰的確精彩。這位小友看得入迷，也想找人比上一把，不知各位意下如何？」

此話一出，在場所有視線都集中到謝鏡辭身上來。

她模樣出眾，早在之前便有不少修士在偷瞧，如今沈雀把焦點引向她，年輕人們終於能大大方方地打量。

這姑娘收斂了氣息，看不出確切修為，抿著薄唇淺淺地笑，只需一言不發站在原地，就能同周圍所有人區分開來。

她頷首：「叨擾各位，在下謝鏡辭。」

「她約莫築基初期，也可能築基都還沒到，而且是頭一次來武館，什麼都不懂。」沈雀動用神識，向幾個愣頭青傳音入密，特地避開了謝鏡辭的耳朵：「你們無論誰上，都記得手下留情，不要嚇到人家小姑娘。」

少年們面面相覷。

他們個個都有十足的把握能贏，若是能在美人面前炫技秀上幾把，說不定還能俘獲芳心，賺取一點點好感——

這是什麼上天入地難得一見的絕妙機會！衝啊！勇敢的少年快去創造奇跡！

沉默只持續了短短一瞬，很快便有白衣少年向前一步：「我來吧。」

他說罷不露聲色瞟向沈雀，暗自豎了個大拇指：「放心吧雀姐，我很懂憐香惜玉。」

這會兒大部分觀眾散去，也有不少人被點燃鬥志，三三兩兩開擂比試，剩下的，只有武館盡頭的一處靈臺。

玄武境以靈臺為媒介，修士需以神識觸碰靈臺，方能入境。

少年報了名姓，領著謝鏡辭前往，沈雀本想跟在兩人身後，猝不及防聽見另一位少年叫了聲：「師父、大師兄！」

來人正是風頭正盛的莫霄陽，與武館館主周慎。

「喲，都在這兒啊！」周慎生了張看不出年紀的娃娃臉，即便已經是個足夠被風乾成沙的老古董，卻仍然保持著二十多歲的模樣，笑得爽朗：「今日霄陽大勝，咱們出去喝幾杯慶祝慶祝——沈雀妳要不要來？」

有小弟子接話：「雀姐今日帶了個姑娘，正和岑師兄比試。」

周慎挑眉：「哦？」

「那丫頭不是什麼厲害角色，比不了多久。我不過見她初來乍到，領她來玩玩。」

沈雀懶懶望向盡頭處的靈臺，眉頭一挑。

謝鏡辭名不見經傳，但模樣足夠出彩，很能吸引目光；與她對戰的少年乃是武館弟子，實力不弱。

這兩人的搭配實在奇怪，有零星幾個客人無所事事，抱著看戲的心態站在靈臺前。

她話音剛落，就聽圓鏡前有人驚呼：「我靠！就一招，一招秒了！你們看清發生什麼事了沒？」

沈雀眼角一抽。

那小子信誓旦旦保證要憐香惜玉——這就是他憐香惜玉的態度？

那姑娘看上去躊躇滿志，只希望她出來不要哭。

沈雀太陽穴突突跳，一步步往前走。

玄武境中神識出體，身體則靜候在靈臺之上，在幻境中落敗的人，會睜開雙眼搶先醒來。

然而謝鏡辭卻始終一動也不動，連眼皮都沒跳過。

沈雀腳步一頓。

……不會吧。

她與靈臺相距甚遠，看不清鏡面的景象，只能微微偏轉視線，落在旁側的少年臉上。

這一瞧，剛好對上一雙茫然的眼睛。

沈雀：「……」

與此同時，圓鏡前的聲音再度響起：「那小子完全沒有還手之力——太快了，她的刀是個什麼玩意兒？」

這是什麼情況。

那丫頭……一招解決了周慎的弟子？

靈臺上的少年神情恍惚，抬腿下來時，彷彿被抽乾靈魂。

他起了，一招被秒了，還有什麼好說的。

「她說。」少年指指身後的靈臺：「下一個。」

沈雀呆呆地看向靈臺前的圓鏡。

山水幻境中，身量纖細的姑娘立在山巔中央，手裡握著把通體沉黑的直刀。刀光森寒，勾勒出長蛇般蜿蜒的黑氣。

謝鏡辭無法感知他們的視線，此時卻抬頭一望，伸手朝眾人所在的方向招了招。

謝鏡辭有些失望。

她本以為入了玄武境，實力能恢復得與往日無異，沒想到只能堪堪摸到金丹的門檻——穿梭於各個小世界，對神識是種不小的損耗。更何況她剛回到這具身體，神識分散，還沒完全融入，若是能多打上幾場，說不定能促進融合。

若是裴渡的話，說不定……

她想到一半，跟前一道靈力晃過。

來人同樣是武館的弟子，謝鏡辭隱約有幾分印象，淡聲笑道：「還望道友多加指教。」

少年點頭，簡短自我介紹，掩飾不住眼裡的好奇。

之前上臺的岑師弟心性急躁，修為算不得強，但無論如何，也絕對稱不上「弱」。

看他落敗後失魂落魄的模樣，應該並非是為討美人歡心，故意認輸。

之所以會被一舉擊敗，定是太過輕敵，被出其不意鑽了空子。

他不會犯如此低級的錯誤。

修士之間的對決無需客套，一觸即發。

少年已到築基六重，拔劍出鞘之際，映出一片刺目冷光。

「你怎會一擊落敗？」周慎笑著端詳自家弟子：「莫非是大意輕敵？」

「她的刀法前所未見、詭譎非常。我雖存了輕敵之心，但……的確技不如人，心服口服。」

周圍有人慢慢聚攏過來，討論聲漸大。

「你們覺得這局誰能贏？」

「我覺得吧，她之所以能一擊打敗岑小哥，很大程度是因為打了個出其不意。那刀法來得又狠又快，若能避開，勝算會大上許多。」

「話不能這樣說，我那時連她的身法都沒看清，避開哪有那麼容易？」

幻境外吵吵嚷嚷，玄武境裡卻是一片寂靜。

謝鏡辭壓著修為打。

她不愛出風頭，更何況身體的真實水準並未抵達金丹，倘若在玄武境逞一時風頭，只怕會惹來不必要的麻煩。

這少年人的劍法浩氣凜然，與之前圓鏡裡的莫霄陽如出一轍，兩人應當是同出一脈。與之相比，她的刀法倒真有幾分「魔教妖女」的意味了。

這把直刀名喚「鬼哭」，乃是曾弒人無數的邪刀，謝家經過一番鍛造鎮壓，好不容易壓下刀身裡蠢蠢欲動的煞氣，才終於能為人所用。

鬼哭破風而起，與長劍硬生生撞上，「鋥」地發出一道轟鳴。二人皆被浩蕩靈力震開，同時後退一步。

謝鏡辭虎口被震得發麻，調整氣息，看不遠處的少年暗暗蹙眉，再度揚劍。

他動作迅捷、毫不花俏，每一次揮劍都蘊藏了石破天驚之勢，長劍起落之際，山間霧氣隨之凝結，圍繞在他身側。

劍氣來如疾風驟雨，謝鏡辭握緊鬼哭側身避開，與此同時長刀斜挑，再度與劍尖撞上。

這次二人都沒退開。

刀光肅殺，迅捷如疾電。日影與長刀的虛影交織錯雜，於紛亂白光中，藏匿著見血封喉的殺機。

平地起風，刀劍狂嘯。

謝鏡辭的身法形如鬼魅，難以被常人捕捉，少年已有了不及之勢。她並未下死手，比起生死決鬥，更像在進行一場熱身。

在鬼塚遇上那兩名匪盜時，她雖然也進行過一番纏鬥，但他們畢竟修為低下，打得不盡興。

直到此刻，謝鏡辭終於觸及到了某些久違的、即將被遺忘的感受。

那是因拔刀而生的殺意。

酣暢淋漓、一發不可收拾，如同墜落而下的星火，自她體內每一條經脈燃燒生長，激起一片顫慄。

山巔雲蒸霞蔚，長裙飛蕩，牽引出蕩漾迴旋的氣流。

在長劍即將刺入她小腹的剎那，手握長刀的女修略作折轉，隨即刀身一挑。

圓鏡外的眾人皆是倒吸一口冷氣。

沒有任何預兆，藉著這股順勢而起的巧勁，少年手中的長劍……竟被挑飛出老遠。

「我的老天。」有人喃喃出聲：「方才他們的招式，你們有誰看清了嗎？」

「這哪能看清……不過劍被挑飛，應該就是輸、輸了吧？」

「所以，那姑娘贏了？」

「廢話啊！肯定贏了啊！她是從哪兒蹦出來的，這刀法有意思啊！」

沈雀看得有點懵。

有小弟子嘴角一抽，指著圓鏡小聲問她：「築基初期？」

館主周慎若有所思：「不是什麼厲害角色？」

被一招秒掉的岑小哥滿臉懷疑人生：「憐香惜玉？」

這女人一點都不憐香惜玉！

謝鏡辭還得回洞穴看裴渡的情況，打了兩場就匆匆退下。

她進入玄武境的時候，周遭空無一人，很冷清，等睜眼出來，居然見到一堆攢動的人頭。

她差點以為系統崩潰，自己又莫名其妙穿了越，下一瞬間就聽見身旁少年故作鎮定的嗓音：「師父。」

師父。

謝鏡辭順著他的目光看去，見到身形頎長、五官柔和的娃娃臉青年。

沈雀熱心地介紹：「這位是天演道館主，周慎。」

周慎笑著頷首：「謝姑娘。」

他面色如常，謝鏡辭聞言一愣。

用劍，身處鬼域，看樣子修為不低。

謝鏡辭聽見自己陡然加劇的心跳：「您、莫非您就是傳聞裡的『闇獄劍』周慎？」

周慎一愣後，哈哈大笑：「那都是幾十年前的名號了，也難為妳還記得——妳可千萬別這樣叫，怪羞人的。」

「我在話本裡看過您的事蹟。當年您在鬼域行俠仗義，全被記錄下來。」謝鏡辭說著低頭，在儲物袋翻找片刻，拿出一本泛了黃的舊書：「就是這個！」

周慎只想看看熱鬧，沒想到遇見小粉絲，不自在地紅了臉，從謝鏡辭手裡接過書冊。

周圍的人哪曾見過周館主臉紅赧然的模樣，一時間紛紛笑著起鬨：「館主，給大夥念念唄？」

周慎忿忿瞪眼，一不留神，手裡的話本就被旁人奪去——跟在他身旁的莫霄陽嘴角一咧，把書頁翻開。

「別吵別吵，我來啊！」他最崇拜自家師父，雖然是個半文盲，還是念得抑揚頓挫：「只見周慎七進七出柳眉山，殺得那叫一個片甲不留，盡顯男人本色！」

四周的年輕修士們紛紛捧場：「好！」

周慎本人聽得紅了臉，撓頭呵呵傻笑。

謝鏡辭畢竟少年心性，見了話本裡的偶像，難免兩眼放光，聽見莫霄陽的下一句話，卻不由動作一頓：「周慎屹立不倒，但那柳眉山也是個不俗之輩，竟未落得下風！」

等等。

「周慎七進七出柳眉山」，可聽他這句話，柳眉山……她不是山？

謝鏡辭兀地睜圓雙眼，抬頭一望。

周遭氣氛明顯凝滯了些許，大多數人沒聽出端倪，咧著嘴繼續鼓掌：「好好好！」

謝鏡辭目光沉重下移，落在莫霄陽手中的話本扉頁上。

——好個頭啦！

莫霄陽捧著的那本書冊上，封頁明明白白寫著幾個大字，卻不是她記憶裡的《鬼域生死鬥》。

救命！這居然是盜版的《鬼域生死戀》啊！

謝鏡辭已經大致記起接下來的劇情了。

什麼「柳眉山巧舌如簧，周慎舞刀弄槍」。

什麼「柳眉山氣若遊絲，使出縛雞之力：『你莫要十年磨一劍，當心鐵杵磨成針，快快了結吧！』」

又什麼「周慎縱情大笑，金雞獨立：『莫急，妳海納百川，待我來精衛填海！』」

謝鏡辭：「……」

有病啊！成語做錯了什麼，作者你這樣對它！

那個正在念話本的弟子看上去不大聰明，興奮得像隻大公猴。

謝鏡辭趕忙上前，在他念出後續劇情前及時止損：「這裡的情節，是周館主撞上女魔柳眉山，用長劍七次重創她。其實還有很多內容更加精彩，比如被困鎖龍谷、決戰殤陽樓——周館主，好！」

莫霄陽帶頭鼓掌：「好！」

所有人：「好好好！」

「今日這話本，實在使我熱血沸騰。」莫霄陽緊握雙拳，向來厭惡念書的他，頭一回感受到文字的力量，用力一拍身旁師弟肩膀：「明日有沒有興致與我對上一場？待我金雞獨立，七進七出，你可要使出縛雞之力，莫要讓我的愛劍鐵杵磨成針了！謔謔！」

這一瞬間。

整個武館都安靜了。

周慎欲言又止，眼珠子從圓形變成四邊形，最後定格在震顫著的等邊六角形。

他的眼神，從來沒有這般扭曲且犀利過。

鬼域中人出乎意料的古道熱腸。

周慎很仗義，聽說謝鏡辭自外界而來，特地為她與裴渡訂下兩間客房，順便找了個大夫前來療傷。

裴渡受傷嚴重，治療持續了整整一夜，等天邊泛起淺淺魚肚白，大夫才從他房裡出來。

謝鏡辭道了謝，推門而入之際，見到他眼中再明顯不過的驚訝。

「謝小姐——」他喪失修為，身體同凡人沒什麼兩樣，熬了整整一晚，眼下現出薄薄青黑，聲音微弱得低不可聞：「妳沒歇息？」

廢話，他半條命都快沒了，謝鏡辭哪怕再鐵石心腸，也做不到心安理得去睡覺。

「我只是睡不著。」她環視屋子一圈，目光落在裴渡手裡的茶杯與藥丸上：「在吃藥？」

話音剛落，就聽見腦袋裡的系統發出一聲笑：『恭喜恭喜，解鎖魔教妖女第二幕場景！臺詞已發放，請注意查收。』

謝鏡辭：嘖。

正道人士受傷服藥，絕對是她這個角色最常作妖的時候。一人體弱無力，連斥責的嗓音都格外虛弱，另一人言笑晏晏，逐漸靠近，自有一番曖昧旖旎。

雖然她每次的結局，都是被正道大俠毫不留情地一掌拍出去。

裴渡聞聲點頭，將藥丸吞入腹中，正要下床把茶杯放回木桌，一抹纖細的影子便靠近身側。

謝鏡辭從他手裡接過茶杯，語氣如常：「你身體不便，躺在床上就好。」

他還沒虛弱到那種地步。

裴渡本想反駁，卻聽她繼續道：「我問過大夫，知曉這些傷藥的使用方法，今後能幫你上藥和餵藥。不過——」

「我記得以前看話本，那故事裡講，餵藥有時不一定要用手。」謝鏡辭語氣裡帶著困惑，尾音若有似無地上揚，似是說得累了，端起手裡的茶杯輕輕一抿：「倘若不用手，還能怎樣做呢？裴少爺知道嗎？」

她嗓音清幽，如新鶯出谷，撩動一汪潺潺清泉。裴渡心下一動，視線飄忽之間，落在謝鏡辭唇邊。

姑娘的唇齒呈現迷人的玫瑰色，最是勾人心弦。

因方才喝了水，薄唇暈開一層薄薄潤潤的水光，無聲昭示著柔軟的、溫熱的觸感，彷彿一觸即化——

裴渡因這個念頭陡然一驚，等回過神來，才發現謝鏡辭已經捕捉到他的目光，勾唇露出淺淡的笑：「怎麼，我嘴上有什麼東西？」

天真無辜，又好似欲擒故縱。

他沒由來地心跳加速，猶如做了錯事被發現的小孩，匆忙挪開視線。

謝鏡辭忍不住笑出聲。

最後這句話並非系統要求，全怪裴渡的反應太有意思，像極了被踩到尾巴、驚慌失措又故作鎮定的貓。

簡直在引誘旁人繼續逗他。

如她所料，耳邊果然傳來一聲乾澀的「沒有」，被壓抑得狠了，隱隱透出幾分委屈。

「對了。」逗裴小少爺玩讓她心情大好，謝鏡辭輕咳斂去笑意，向前幾步，坐在床沿：「我能看看你的傷嗎？」

玉露膏是無數人求而不得的靈藥，塗上一次，皮肉傷應該能好上大半。

之前大夫為他褪了全身衣物療傷，謝鏡辭再厚臉皮，也不可能守在一旁。這會兒房內只剩下他們兩人，終於能看裴渡的傷勢一眼。

他明顯愣了一下。

這回裴渡沒有猶豫太久，動作裡仍帶著拘束，骨節分明的手指輕輕一蜷，領口便向右側斜斜拉開。

然而剛動手，就聽見謝鏡辭噙著笑的聲音：「不不不，不是這裡——其實只要看看手臂就好了。」

抓在前襟上的右手瞬間頓住。

謝小姐還沒說完，他便做出這般動作，就像是……就像是迫不及待，想要脫下衣物讓她瞧似的。

「不過這樣也行。」裴渡腦中空白，耳朵前所未有地發燙，聽身旁的姑娘笑著說：「你身前受傷最嚴重，看看也好。」

她語氣尋常，一本正經，越是這樣，就將他的無措與糾結襯得越發狼狽可笑。

裴渡脫也不是，不脫也不是，右手停在衣襟上，露出一側白皙的鎖骨和肩部線條。

他無端感到心下燥熱。

在對方安靜的注視下，裴渡垂下長睫，把前襟往下拉。

玉露膏是難得一見的藥中名品，謝鏡辭塗抹在他的傷口上，已經讓不少傷痕凝固結痂。

謝鏡辭向前湊了一些。

裴渡強忍住往後退的衝動，任由她端詳。

之前在洞穴裡，光源只有懸在天邊的那輪月亮，眼前的一切模糊又暗沉，看得不甚清晰。此刻入了臥房，蠟燭引出黃澄澄的清亮光暈，將他冷白色的皮膚映出幾分柔黃，每道傷痕與肌肉輪廓都清晰可見。

讓人無處可藏。

謝鏡辭伸出手，在距離他身體很近的地方停下，指尖抵著其中一條傷疤。

她沒說話，裴渡卻已明白她未出口的意思，遲疑須臾，終是艱澀開口：「……可以碰。」

空曠的臥房裡，響起低不可聞的笑聲。

謝鏡辭抿唇止了笑，指尖輕輕下壓，落在蜈蚣一樣猙獰的疤痕上：「這樣會覺得疼嗎？」

她手指瑩白，那道傷口醜陋不堪，被指尖綿綿的軟肉一點，生出深入骨髓的癢。

這股癢看不見也摸不著，在血液裡橫衝直撞，暗戳戳地撩撥心弦，他的聲音又啞又澀，像從嗓子裡硬生生擠出來：「不疼。」

裴渡只將白衫褪到胸口下的位置，謝鏡辭聞言「唔」了聲，把垂落的前襟繼續往下拉。

治療外傷容易，筋脈裡的內傷則要難上許多。

小腹上的烏青並未消退，反而比之前所見更暗沉濃郁，隨著衣物摩挲的響音，漸漸露出緊實腰線。

「這裡的傷，大概得等我們離開鬼域，去雲京才能治好。」她看得皺了眉，知道這裡必然劇痛難忍，沒像之前在胸口那樣伸手去碰，視線一晃，竟是從腰腹繼續往下，來到被棉被遮蓋的地方：「腿上的傷還好嗎？」

被子下面顯而易見地一動。

裴渡瞬間作答，語氣生硬：「無礙。」

「我又不會吃人，幹嘛這麼緊張。」謝鏡辭笑：「被人瞧一眼也會不好意思，你原來這般膽小麼？」

裴渡沒應聲。

才不是這樣。

他向來厭煩旁人的觸碰，更不在意任何人的看法與目光。若換了別人，莫說讓他褪去衣物，哪怕想幫裴渡在臉或雙手上藥，都會被毫不猶豫地拒絕。

他並非隨便的人，只有謝小姐是例外。

只要她想，無論是多麼曖昧或羞恥的事，他都願意去做；也只有被她注視這具殘損的身體時，裴渡會感到侷促與難堪。

可惜她對此並不知情。

其實謝小姐不知道的事情還有許多。

例如他日復一日揮動手裡的長劍，只為能與她並肩；例如他在大宅裡地位尷尬、舉步維艱，被養母刁難或兄長恥笑後，第二天睜眼的唯一動力，是能在學宮遠遠見到她，哪怕只是用餘光匆匆瞥上一眼。

又例如她與異性好友們親近打趣後，他的輾轉反側、徹夜難眠，有時心裡堵得慌，只能去武場練劍。

想來也可悲，這是他人生中難以磨滅的執念，生生填滿了前半生的每處縫隙，身為故事裡的另一個主要角色，謝鏡辭卻對此一無所知。

裴渡沒奢望過她會知道。

從不會握劍的瘦弱孩童，到能與謝鏡辭並肩作戰的劍修，在一步步靠近她的路途裡，他逐漸習慣了不動聲色地仰望。

他似乎因為那句玩笑話有些消沉，眼睛裡沒有神采，垂著腦袋不知道在想什麼。

謝鏡辭眨眨眼睛。

她好像……沒說什麼特別過分的話吧？

還是裴渡想起今日發生的那些事，下意識難過了？

對哦。

他的確應該難過的。

按照系統告訴她的劇情，裴渡的一生是齣澈澈底底的悲劇。

因為長相酷似裴家死去的大少爺而被家主收養，名曰養子，其實只是個替身。偏偏主母對他厭惡至極，數年如一日地孤立冷落、變著花樣找碴，裴渡沒少吃家法，才養成了如今滴水不漏、看上去溫溫和和的性子。

如今他好不容易學有所成，即將脫離家族桎梏，卻在一日之內突逢劇變，從別人的影子，淪為了被厭惡唾棄的廢人。

這樣的經歷若是放在大多數人身上，定能把雙眼哭瞎，可打從最開始見到裴渡起，他便一直是安安靜靜的模樣。

他不說，謝鏡辭也就大大咧咧地不去在意，其實哪有人能堅強至此，又不是石頭做的心腸。

在這種時候……她是不是應該認認真真地，好好安慰一下他?

謝鏡辭從不會安慰人。

「喂。」她不想說錯話，讓小少爺更加難受，在腦袋裡狂喊系統：「系統庫裡的臺詞，有沒有能安慰人的話?」

系統見慣她冷言冷語損人的模樣，乍一聽見這話，當場拔高音調：『妳放心，這事交給我，保證沒問題！』

它一向可靠，不過片刻，便有字句在謝鏡辭腦袋裡浮現出來。

『不是吧不是吧，不會真有人因為修為盡失就失魂落魄吧?』

——不會吧不會吧，不會真有人的嘴這麼討厭，把陰陽怪氣踩別人傷口當作有趣吧。

跳過。

『不過是修為盡失，就消極成這般模樣？這樣浪費自己的一生，真是有夠可笑哦。』

——不過是站在道德高地，就拽成這般模樣？這樣來找存在感，真是有夠可悲哦。

跳過跳過。

『……』

跳過跳過跳過。

謝鏡辭：「……」

這哪裡是「保證沒問題」，明明處處都是問題，垃圾系統害人！

可惡。差點忘記這是惡毒反派系統，真是不負惡毒之名，句句都像毒藥拌辣椒，又毒又辣。裴渡要是聽完，不說當場自盡，血濺三尺必然是有的。

謝鏡辭決定自力更生。

她在富貴嬌寵裡長大，習慣了沒心沒肺眾星捧月，加上當了這麼久不可愛也不迷人的反派角色，哪裡知道安慰人的路數，稍作停頓，戳了戳裴渡肩頭。

因褪了衣物，他肌肉的驟然緊繃格外醒目。

「裴渡。」謝鏡辭不自在地摸摸鼻尖：「你是不是挺難受？」

唉，他都這樣了，鐵定難受，她在講什麼廢話。

裴渡抬了長睫，黑黝黝的眼目不轉睛地望著她。

「如今的境遇雖然不好，但並非全無希望。我會努力把你治好，一定沒事的。」

謝鏡辭在心底悄悄皺眉，暗罵一聲。

拿著刀砍人，可比細聲細氣地安慰容易多了。這番話已經是她的極限，不管更柔情還是更矯情的臺詞，都再也說不出來。

裴渡低低道了句：「謝小姐，妳不必如此……」

「總之！不管發生什麼事情，我都會站在你這邊。」她把他所有消極的話語堵在喉嚨裡頭，加重語氣：「不要想自暴自棄，也不要想什麼沒人在乎你沒人要你，去做傷天害理的壞事。無論做什麼，都想想還有我——」

謝鏡辭的音量陡然變小。

她又不自在地摸了摸鼻尖：「——我的玉露膏。它好貴的。」

裴渡怔怔的，沒說話。

謝鏡辭板著臉，有些忐忑地打量他的神態變化。

她不會搞砸了吧？雖然這番話的確幼稚套路又尷尬，但——

薄薄的晨色黯淡而寂靜，猝不及防地，耳邊響起裴渡的嗓音：「謝小姐。」

這下輪到謝鏡辭故作鎮定，與他四目相對了。

他眉目清雋，面上是孱弱的蒼白，瞳孔本是昏暗無邊的暗，對上她視線時，悄然浮起一絲久違的柔色。

裴渡居然隱隱笑了。

謝鏡辭永遠不會知曉，這些話於他而言有多重要。

就像一齣虛妄的戲劇故事，在最落魄、被所有人厭棄的時候，悄悄喜歡許多年的姑娘突然來到他面前。

她不嫌棄他尷尬的身分、一塌糊塗的處境，一本正經地告訴他，想想還有她。

笨拙又固執，溫柔得令人眼眶發酸。

一直追尋的那個人是謝小姐，算是他這一生裡，為數不多幸運的事。

裴渡幾乎快要克制不住心裡的渴望，想要將她緊緊抱在懷中。

「謝小姐，若我來日恢復修為……」心臟難以抑制地劇烈跳動，裴渡忍下小腹劇痛，凝視她清亮的眼：「在下願將一切贈予小姐，赴湯蹈火，在所不辭。」

謝鏡辭定定地望著他，若有所思。

半晌，她發出低不可聞的笑，忽然淡聲問：「什麼都願意給我？」

裴渡唯恐她不信，啞聲應答：「只要謝小姐想要，無論名譽、錢財或是天靈地寶，我都願獻上……作為報答。」

作為報答。

謝鏡辭「哦」了聲：「還有呢？」

見裴渡露出茫然神色，她笑著挑起眉：「如果我想要別的呢？你還有什麼能送給我麼？」

「還有——」

他能獻給她的，還有什麼？

謝鏡辭的視線仍然直勾勾落在他身上，看得裴渡心慌。

若說他還剩下什麼，那便是——那便是這具沉屙遍布的身體了。

謝小姐會……想要它嗎？

思緒亂成一團，在空白的腦海裡，冷不防躥出一個不合時宜的念頭：他此刻沒有穿著上衫，是被她盡數看在眼底的。

近在咫尺的姑娘發出清脆的笑，如同夏日碰撞在一起的鈴鐺。

「這些可算不上答謝。」謝鏡辭半開玩笑，懶洋洋道：「裴公子，你可別忘了，我好歹是你的未婚妻。」

她說得隱晦，裴渡卻聽出言外之意。

他整個人都是她的了，難道還在乎這些身外之物麼。

「蕪城地處鬼域邊陲，看上去不怎麼起眼，其實是鬼門所在之地。平日裡蕭蕭索索的，只要鬼門一開，就熱鬧了。」

魔修尚武好戰，一天中無論什麼時候，武館裡永遠有人在比鬥。

謝鏡辭透過典當首飾得了些魔晶，把錢還給周慎後，坐在擂臺旁同他閒聊。

之前在裴渡房裡，她一時興起，開了個小小的玩笑。裴小少爺不知有沒有聽懂，怔愣一瞬後躺進被子裡，悶悶地說他有些乏。

他沒了靈力修為，的確需要好好歇息；謝鏡辭對此地人生地不熟，閒來無事之下，乾脆又來到武館中。

館主周慎是個熱心的人，見她孤身一人，特地上前攀談，讓這個看起來柔柔弱弱的年輕姑娘不至於尷尬難堪。

「如今還沒到鬼門開放的時機，妳與裴公子之所以來到此地，應該是恰好撞上了初具雛形的兩界縫隙。要想出去並不難，只需耐心等到鬼門正式開啟，便能堂堂正正地離開。」周慎道：「鬼門十五年年一開，妳手裡那話本，記錄的全是幾十年前的事兒……這麼多年，我自己都快忘了。」

他面上雲淡風輕，說到最後低笑一聲，雖彎了眉目，雙眼卻是空茫幽暗，遠遠的看不清晰。

「在《鬼域生死門》裡，一共有兩個主角。」遲疑半晌，她終於說出潛藏在心底許久的疑問：「一個是您，一個是刀客付潮生……您知道付潮生如今的下落嗎？」

偌大的武館裡，響起少年修士們的歡呼。

周慎在嘈雜的背景音裡轉過頭來，眼底霧氣散盡，顯出沉澱多年、幽深濃郁的黑。

「他已離開鬼域多年。謝姑娘，這個名字是蕪城的禁忌。」他嗓音裡噙著笑，聽不出有什麼情緒：「很多人不願聽到他的名字，妳可要當心，莫在旁人面前提起。」

禁忌。

她從沒想過，那位前輩會與這個詞彙連在一起。

《鬼域生死鬥》中，著重描述了兩名魔修少年遊歷鬼域、仗劍四方的俠情故事。

周慎膽大心細、劍術一絕，付潮生一把大刀舞得出神入化，故事進行到結局處，只道兩人向西而行，道路彷彿沒有盡頭。

至於後來在蕪城裡究竟發生過什麼，即便是那話本的作者，恐怕也一無所知。

「付前輩離開鬼域了？」謝鏡辭一怔：「可當初他同我道別，分明——」

她說著頓住，察覺到周慎面上的困惑之色，終是輕聲解釋：「十五年前我與爹娘前往鬼塚，因為太過頑皮獨自跑開，遭到魔物的圍追堵截……多虧付前輩及時出現，才救下我的性命。」

付潮生便是她欲在鬼域尋找之人。

當年謝鏡辭懵懂無知，受到救命之恩，不知如何報答，只匆匆道了聲謝。付潮生亦是很快轉身離去，穿過鬼門回到鬼域，再也不見蹤跡。

至於《鬼域生死鬥》老舊又冷門，她之所以會買下，全因在扉頁見到了付潮生的名字。

周慎喉頭一動，接著她上句話問：「他同妳道別時，怎麼了？」

「前輩轉身又入了鬼域。」謝鏡辭思忖道：「我告訴他，救下我的命，爹娘會贈予不錯的謝禮，他卻說時間快來不及——他有必須去做的事情。」

必須去做的事情。

周慎眉心一動，口中卻仍是淡淡：「不是我不幫妳，實在是他去向成謎，如今蕪城裡，無人知道下落。」

他說到這裡便停下，似是有所察覺，轉頭一望。

也正是在這一剎那，謝鏡辭聽見似曾相識的少年音：「師父！你們在說什麼？」

正是昨夜捧著《鬼域生死戀》癡迷朗誦的武館弟子，好像叫莫霄陽。

謝鏡辭可沒忘記，那場獎勵一萬魔晶的大比，勝者也是叫這個名字。

周慎收了話題，望著來人狂揉太陽穴：「《萬字文》抄完了？」

「當然抄完了！師父，我奮不顧身苦學一夜，定能自食其果，再也不會說錯話，把您氣得吳牛喘月。」

莫霄陽渾身上下瞧不出絲毫屬於劍修的內斂矜持，比起武館裡最優秀的弟子，更像個毛毛躁躁的愣頭青。

他一眼就瞧見謝鏡辭，咧嘴打了個招呼：「謝道友！今日這般冷，妳不東施效顰，和我們一樣多穿些衣物嗎？」

可憐孩子沒學會，反而澈底學廢了。

周慎雙目圓瞪，像頭牛那樣開始吭哧吭哧喘氣。

「謝道友刀法精湛，我昨夜見到，震撼得驚為天人。」莫霄陽道：「咱倆來比一場如何？放心，我會壓下修為，保持在與妳同等的水準。」

他已是金丹六重，眼前的女修在玄武境裡，充其量剛剛突破金丹境界第一重。莫霄陽行事正派，絕不會利用修為壓制對手。

謝鏡辭本想繼續打聽付潮生的下落，奈何周慎言盡於此，若要再問，未免顯得不合時宜。所以她最終還是站在了玄武境。

莫霄陽擅使長劍，顯然不是憐香惜玉的主，加上修為擺在那裡，謝鏡辭從一開始就用了十二分的注意力。

他師從周慎，用的應該是鬼域劍術。鬼域招數以奇詭莫測而著稱，她以往只在書冊裡見過，如今撞上個中好手，不由生出幾分期待。

第一擊，劍光倏至，直刀劃出清月般瑩白澄澈的弧光，靈力相撞，於半空蕩開無形漣漪。

這一招不過是試探，隨著刀光劍氣嗡鳴蕩漾，二人身形皆是一頓。

如同拉到極限的弓箭，在極其短暫的一瞬停滯後，驟然破風拉開。

「動了動了！這姑娘到底什麼來頭？看他們這陣勢，我恐怕連三招都活不過。」

「莫霄陽是壓了修為的。要我說，那姑娘水準其實不過如此，即便勝了，也是靠放水得來的。」

「你懂什麼！人家切磋的那是刀法劍法，自然不能全靠修為壓制，修為這玩意，勤修苦練總能跟上來——你說是吧周館主？」

「就算莫霄陽壓了修為，那姑娘也打不過他吧？我之前從沒聽過她的名字，無名小卒罷了。」

周慎立在圓鏡前，聞言抬了視線，匆匆一笑。

昨夜他便知曉這位謝姑娘身手不凡，看她一招一式變幻莫測，定是來自世家大族的高階功法。

然而今日一看，卻又覺得不對。

太亂了。

昨日短暫相交還看不出來，如今輪到她與莫霄陽一番纏鬥，周慎才發覺謝鏡辭的刀法亂得不像樣，彷彿沒有既定套路，隨心所欲地出招。

最詭異的是，隨著她和莫霄陽的對決漸深……

她的刀法裡，竟隱約現出了幾分屬於周慎門下的進攻路數。

不會吧。

在這麼短的時間、這麼緊張不容分心的情境下，她居然還能一面應敵，一面學習模仿莫霄陽的身法和劍術？

周慎收斂了懶散的笑,挺直後背,細細去瞧圓鏡裡的畫面。

他原本覺得這場戰鬥定是莫霄陽的單方面碾壓,可如今看來,說不定能瞧出別的樂趣。

玄武境中肅殺陣陣,莫霄陽的劍法迅捷如電,謝鏡辭以攻代守,揮刀迎上。

周慎只看出她下意識修習莫霄陽的動作,倘若他離開鬼域,見到更多仙門世家的功法,定會驚詫地恍然大悟:原來這丫頭從別家學了不少,東拼西湊,用得隨心所欲。

謝鏡辭悟性很強,學什麼都快。

家族的刀法固然凌厲,卻脫不開內裡核心,用來用去,總歸有幾分無趣。

謝鏡辭喜歡有趣的東西。

她身法極快,不過瞬息之間,紛然刀光便已散遍全身。

莫霄陽頭一回見到如此毫無章法的進攻,接得有些吃力。

圓鏡之外,是數張茫然的臉。

有人遲疑著問:「雖然我看不清他們的動作,但莫霄陽這算是吃虧了吧?」

不知是誰應道:「也不算吃虧,怎麼說呢,大概算是……被壓了一頭,只能防守?」

這可是莫霄陽。

即便在整個鬼域的金丹期修士裡,也算排得上名號,雖然他把修為壓了大半,可單論身法劍術——竟被壓了一頭。

他們本來都覺得這場比試毫無懸念,之所以來看上一眼,要麼想瞧瞧昨夜風頭大盛的美人，要麼想看莫霄陽的個人秀，哪曾料到會是這般場面。

外行看熱鬧，內行看門道。圍觀群眾吵吵嚷嚷炸開的時候，周慎已是皺了眉，傾身向前。

圓鏡之內，戰事漸凶。

莫霄陽出其不意地欺身向前，手中長劍乍現寒芒，謝鏡辭側身避開，直刀逆風而起。

他下意識想避開。

然而那把刀並未沿著既定軌跡平直往前，謝鏡辭步法陡變，手腕斜翻，頃刻間變招上襲。

刀光洶洶，莫霄陽不由一怔。

他預想了所有可能出現的身法，可無論如何，都不會料到這個進攻路數。

這是他的殺招。

刀光裹挾著凜冽寒風，退無可退。

劍眉星目的少年強壓下口中腥甜，身側靈壓驟起——來自金丹六重的威壓騰湧而上！

「我個乖乖。」鏡前有人倒吸一口冷氣：「這這這、這不是天演道的劍招嗎？我沒看錯吧？她怎麼用出來了？」

「等等，你們看……莫霄陽的修為，是不是被逼出來了？」

四周倏然靜下。

所有人凝神注視著圓鏡。

暴起的靈壓勢如破竹，謝鏡辭躲閃不及，只能收回鬼哭刀護體，也正是在這一瞬間，被突如其來的利劍抵住喉嚨。

這是修士自我防禦的本能，立於劍氣中央的莫霄陽同樣怔住。

空曠的幻境裡，連一息風聲都清晰可辨。

莫霄陽：「……」

半晌緘默後，莫霄陽放下手中長劍。

他目光赤誠，頭一回收斂笑意，認認真真端詳面前的少女一番，坦然出聲：「我輸了。」

若不是在生死之際，本能激出金丹六重的修為，他恐怕已經身首異處。

身法落於下風，又破了定下的規矩，他自然是戰敗的那一個。

莫霄陽默了須臾，收劍入鞘。

謝鏡辭心有餘悸，近在咫尺的少年卻忽然抬起頭，一改方才曇花一現的頹喪，嘴角一揚。

——他居然在笑。

「太厲害了吧！妳今年多大年紀，修習刀法多久了？最後一招是我的劍術對不對？怎麼才能做到一邊打一邊學啊？還有剛開始的那一刀，哇真的好帥！如果不是咱倆在對打，我一定給妳拍手叫好！」莫霄陽越說眼睛越亮：「明天還繼續打嗎？唉不對，若是總和我一起，跟妳一道的那位公子定會不高興——所以明天還繼續打嗎？」

話——超——多。

不可否認，莫霄陽是個值得敬重的對手，武館弟子中當之無愧的頂尖戰力。

她能贏，不但得益於自身天賦，也與從小到大的功法傳承密不可分；至於莫霄陽，唯一的經驗來源唯有這家武館，更何況他的修為遠不只如此。

謝鏡辭把誇讚的話咽回肚子裡，聽他的嘴不停說話，欲言又止。

救命，這難道就是所謂「武館弟子裡的頂尖戰力」，為什麼會跟狗狗一樣晃來晃去。

「莫師兄……這是認輸了？」周慎身側的小弟子看得發愣，扭頭瞧他一眼：「師父，這姑娘——」

周慎看得饒有興致，聞言低頭睨他：「你覺得她如何？」

小弟子斟酌片刻，謹慎開口：「弟子以為，她是個極有天賦的可塑之才。」

他師父笑了一聲：「可塑之才？」

「你看她的穿著配飾，看似普通，實則樣樣價值不菲，至於那把刀，更是渾然天成、銳氣逼人。」

「再看她的舉止與刀法，談吐有禮，刀術精湛，看上去是毫無章法的野路子，實則集百家之長，必然出身不低。」

「至於她小小年紀，便有如此悟性——」

小弟子仰頭與周慎四目相對，聽後者斬釘截鐵下結論：「即便在鬼域之外的偌大修真界，也必然是個前途無量的天才。」

謝鏡辭勉強算是贏了對決，從玄武境裡出來，總覺得悶悶不樂。她的修為本該和莫霄陽不分上下，如今卻要人家壓著修為來打，不管怎麼想都是自己占了便宜。

她想堂堂正正和其他高手打上一架，而不是在現實唯唯諾諾，玄武境裡重拳出擊。也不知道修為何時才能回來，實在頭疼。

和上回一樣，當謝鏡辭從玄武境睜眼醒來，面前又圍了不少看戲的路人。

她對這種場景習以為常，習慣性露出禮貌的笑，身旁的莫霄陽仍然激動得像隻大公猴，咧嘴眉飛色舞：「謝姑娘，我訂下了玄武境裡的『萬鬼窟』，妳有沒有興趣一起去試試？」

「萬鬼窟？」謝鏡辭頓了頓：「是用來歷練的幻境？」

莫霄陽點頭。

自從修士的神識被開發，玄武境裡的花樣也越來越多。

比如擂臺、格鬥賽，以及五花八門各式各樣的歷練地。沒有任何前因後果與喘息時機，一旦踏足幻境，就會直面常人難以想像的魔物妖獸，展開廝殺。

不少人對此趨之若鶩，也有不少人畏懼它的凶殘驚險，與全是正面評價的常規賽事不同，被修士們笑稱為「瘋子的遊戲」。

「萬鬼窟中，我們將直面厲鬼潮，我與師兄弟嘗試過許多次，從來沒能堅持到最後——後半段的攻勢太過凶猛，連立足之地都不剩。」莫霄陽撓頭：「不過還挺好玩的，半個時辰後開始，想去試試嗎？如果與妳同行的公子想來，也能叫他一起。」

當然要去啊！她已經很久沒放肆殺上一把了！

謝鏡辭毫不猶豫地點頭，餘光斜斜一落，居然觸到一襲雪白的影子。

她心有所感，轉過頭去，果然見到裴渡。

裴渡身形頎長，哪怕在人群裡也能被一眼望見，他粗粗紮了髮，穿著一身白，一言不發地望著她。

或許還有謝鏡辭身旁的莫霄陽。

「裴渡？」她向莫霄陽簡短道別，穿過三三兩兩的人堆，快步朝他靠近：「你怎麼來了？」

裴渡輕輕抿唇，嘴角露出平直的弧度。

這個微表情轉瞬即逝，少年的嗓音依舊清冷柔和：「閒來無事，隨意逛逛。」

謝鏡辭離開前沒告訴他行程，好在昨夜提起過，是個武館館主替他找了大夫。

以她的性子，倒也與武館很搭。

裴渡只是想來碰運氣看一看，沒想到越過重重人影，一眼便見到她與陌生少年相視而笑的景象，聽旁人講，兩人剛經歷一場驚心動魄的對戰。

像這樣站在謝小姐身邊的，一直是他。

如今，他卻只能站在臺下遙遙仰視。

「在想什麼？」謝鏡辭在他眼前打了個響指。

她雙眼澄澈清明，將他心裡那些陰暗的念頭襯得可恥又可悲，裴渡搖頭，聽她悠悠說：

「我剛和那人打了一場。」

「……嗯。」

「他挺厲害的，劍法很快。」

謝鏡辭語氣輕快，他認真地聽，剛要再應一聲「嗯」，猝不及防又聽見她的聲音。

謝鏡辭道：「不過沒你厲害。」

心中悄悄一動。

裴渡倉促地轉頭看她，腦子裡有點懵。

「你是我最滿意的對手。」她把這道目光全盤接收，語氣有些乾：「等你好起來，一定要再和我比上一場。」

她一定是看出他的尷尬無措，才特地講出這種話。

雲淡風輕，倏地一下，卻正中靶心。

實在是……很犯規。

裴渡半低下腦袋，能感到耳廓隱隱發熱。

他情不自禁想笑，不願讓她發現，便悄無聲息抿了唇，把頭往側面稍稍一偏：「嗯。」

「對了。」謝鏡辭眸光一轉：「莫霄陽，就是方才那劍修，他邀請我們去玄武境裡的萬鬼窟，你想試試嗎？」

謝鏡辭領著裴渡，在約定時間之前入了玄武境。

除開雙人擂臺，透過識海相連，玄武境裡還有個十分廣闊的平臺，能直通各處幻境。

值得一提的是，由於神識無形無體，能變幻成任意模樣，出現在公共區域裡的任何人，都可能正用著虛假的聲音、臉蛋甚至性別。

為圖省時，兩人都沒有改變外貌形體。公共地帶人來人往，在混亂人潮裡，謝鏡辭毫不費力感應到了裴渡的氣息。

毫無修為的普通人與神識強大的修士，兩者之間的氣息天差地別。

她不知為何暗暗鬆了口氣，抬眼看他：「金丹？」

很難形容裴渡此時的目光，他早就習慣掩藏所有情緒。

那雙黑眸濃得過分，他靜了一剎，輕笑一聲：「嗯，金丹。」

玄武境內歷練之地眾多，等謝鏡辭來到萬鬼窟入口，竟見到一抹似曾相識的影子。

那是個唇紅齒白的少年人，原是百無聊賴地四處張望，瞥見謝鏡辭，兀地變了神色。

居然是昨夜見到的小賊。

仇人相見，分外眼紅。

「妳——！」對方咬牙切齒，眼底怒氣驟濃：「昨夜就是因為妳，害我被關進監察司受盡折磨!萬鬼窟我已和朋友訂下,妳別想了!」

謝鏡辭亦是睜圓雙眼:「明明是你自己大雪天穿夜行衣,而且我們也早就訂好了這地方——」

她話音方落,瞥見不遠處一道熟悉的人影,正色出聲。

「莫霄陽!」

「莫霄陽!」

兩道嗓音同時響起,謝鏡辭與少年對視一眼:「這人想和我們搶萬鬼窟!」

同樣是異口同聲,然後兩人一起愣住。

「我知道啊!」莫霄陽樂呵呵:「我特地邀了幾位一同前往,都說人多好辦事嘛。事不宜遲,快快進去吧。」

他沒察覺氣氛不對,又笑了聲:「對了,這是我多年的好友付南星,很可靠的。」

付南星:「……」

被冠上「可靠」這個名頭,他滿腔怒氣沒地方發洩,加之昨夜確是自己理虧,只得繃著臉道:「幸會。」

他說著稍頓,望謝鏡辭手中長刀一眼:「用刀的?」

莫霄陽站在一邊繼續介紹:「南星曾同我師父學過一段時間劍術,後來嫌鐵器太重,就改用符了。」

付南星有點臉紅，梗著脖子反駁：「什麼『鐵器太重』，我是那麼嬌弱的人嗎？要說刀法，我也是會那麼一點的。」

周慎用劍，理應不會教授他刀功。

見謝鏡辭露出「嗯嗯我懂你不用再說」的敷衍之色，他兩眼一瞪，借了鬼哭刀。

付南星顯然許久沒有拿過刀劍，姿勢彆扭得不像樣，好不容易起手，終於循著記憶開始揮刀。

他動作笨拙，惹得莫霄陽噗嗤笑出聲。

謝鏡辭倒是覺得這刀法莫名眼熟，還沒看出個所以然，付南星就滿臉通紅地停下，把刀塞回她手中，狡辯似的開口：「不來了不來了，我今日身體欠佳，還是快進去吧。」

謝鏡辭好奇：「以我們的水準，能在裡面存活多久？」

付南星哼哼著瞅她，伸手比了個「五」。

謝鏡辭：「五個時辰？」

對方搖頭。

「五柱香？」

還是搖頭。

謝鏡辭太陽穴突突地跳：「總不可能是五盞茶吧？」

「妳看好了。」他嘴角一撇，開始一根根地掰指頭：「五，四，三，二，一。」

謝鏡辭：呵呵。

事實證明，這小子的確沒說準。

因為她只用三秒，就被殺死丟出幻境了。

第三章　大呆鵝

謝鏡辭懵了。

她從進入萬鬼窟，到被一陣巨力強行擠出幻境，總共只用了一眨眼的功夫。

神識與真身不同，即便在幻境身死，也不會有任何實質危害，唯一的弊端，是痛覺無法被抵銷。

那道突如其來的力量勢如破竹，瞬息之間便席捲全身。她毫無防備，渾身經脈仍在嗡嗡發痛，只能勉強穩住心神，讓自己不至於脫力摔倒。

多虧那段短暫的三秒遊，她得以窺見萬鬼窟裡的景象。

萬鬼窟，窟如其名，四處皆是形態古怪的嶙峋巨石，視線所及之處一片幽暗，唯有洞穴石壁上的藤蔓兀自發亮，散發微弱瑩光。

進入萬鬼窟的一瞬間，謝鏡辭就感受到了深入骨髓的寒意煞氣。

按照危險程度來分，這地方應該算是中階幻境，無數魑魅魍魎遊蕩於洞穴之間，修士藏無可藏，只能正面應敵。

問題是，她還沒來得及把刀拔出來，就宣布光榮淘汰了。

被請出幻境的只有謝鏡辭一人。

那個名叫「付南星」的小毛賊修為不見得比她高，此時卻安安穩穩待在萬鬼窟裡，再結合他之前五秒出局的言論……

雖然尚不明白情況，但這應該是萬鬼窟的一種攻擊機制。

他不是頭一回來這裡挑戰，自然知道得比她更清楚。

對於修士而言，在玄武境裡死掉是司空見慣的事情。

渾身上下撕裂般的劇痛漸漸消了，謝鏡辭用力一按太陽穴，剛要再次進入萬鬼窟，忽然見到幻境入口一暗，從裡面又出來個人影。

謝鏡辭與裴渡面面相覷。

謝鏡辭本來還覺得丟臉，瞥見他時下意識一樂：「你也死了？」

以他的實力，不應該這麼快撲街啊，

裴渡：「嗯。」

裴渡默了一瞬，聲音聽不出劇痛帶來的絲毫波動：「一起進去？」

於是兩人一同二進宮。

「喲，回來啦。」付南星是個符修，兩手一併，便引得雷光激蕩：「妳就說吧，是不是五四三二一？」

「對不住謝小姐！我們來這兒太多次，忘記告訴妳新人一定要注意的事。」莫霄陽滿臉歉疚，一邊斬斷飛身而來的鬼魅，一邊匆匆解釋：「萬鬼窟有個惡趣味，最愛給人下馬威。在幻境開啟的時候，鬼窟之主會主動現身，隨機襲擊一個人。」

結果她就是那個慘遭襲擊的幸運兒。

謝鏡辭雖然狂，卻也不至於無法無天。

她原本還想試試看能不能通關，沒想到直接來了場夢幻開局，把自己送上西天。鬼窟之主僅憑一招，就能把她拍得瞬間靈魂出竅，跟菜刀剁黃瓜似的，修為必定不低。

這肯定打不過啊。

她看莫霄陽算是可靠，以為上了輛暢通無阻的順風車，沒想到風是挺順，目的地卻在火葬場。

好一出靈車漂移。

「說來慚愧，我數次來到此地，從未見過鬼窟之主。」莫霄陽是個話癆，謝鏡辭見過能聊的人，但像他這種即便在拔劍戰鬥時也要閒聊的，還真是史無前例頭一遭：「方才這些鬼怪只是開胃菜，待會兒越來越多，整個洞穴都能被填滿。到時候我們連立足之處都不剩，只能任憑它們啃咬。」

他的語氣聽起來似是輕鬆，其實已經有了點應付不過來的勢頭。

即使被稱作「開胃菜」，此時的厲鬼潮也不容易對付。他們身處洞穴中央的空曠地帶，四面八方都有暗影襲來，真真正正的十面埋伏。

森幽鬼氣冷得像冰，謝鏡辭凝神揮刀。

這些鬼怪雖然纏人，但遠遠沒達到能夠瞬殺裴渡的地步。她想開口詢問死因，可轉念一想，人家深受重創，或許還沒來得及適應神識，倘若當面問出口，或許會讓他難堪。

畢竟裴渡也沒提她被三秒踹出幻境那事。

四周的嗚咽聲逐漸加大，不知從哪裡襲來一陣陰風。

莫霄陽沉聲道：「當心，攻勢要加劇了。」

這句話尾音還沒褪去，澎湃殺氣便鋪天蓋地。

四下幽黑，藤蔓散發的慘綠光線非但不能緩和氣氛，反而映出一道道紛亂不堪的影子，猶如不斷變換的萬花筒，捉摸不定，惹人心驚。

耳邊傳來一陣陰冷呼嘯，謝鏡辭揚刀而起。

這處幻境像是一個訓練場，小怪一波接著一波來，一波更比一波強，他們只能使出渾身解數反擊。

準確來說，是「自我防禦」。

太多了。

莫霄陽所言不虛，隨著時間推移，萬鬼窟裡的鬼怪越來越多，力量也逐步增強。

她最初還能游刃有餘，當成切水果一樣玩，如今水果成了石頭雨，謝鏡辭有點應付不過來。

又是一陣煞氣襲來，被裴渡一劍劈開。

她神識受損，修為比之前弱了一截；裴渡雖然筋脈盡斷，神識卻得以保留，在這玄武境裡，應是比她稍強一些。

謝鏡辭道了聲謝，無聲皺眉。

萬鬼窟已然成了煉獄，妖魔鬼怪跟拼圖似的，哪兒有空位往哪兒塞。

另一邊的付南星快要支撐不下去，猛地倒吸一口冷氣：「我就說吧，這鬼地方咱們過不了，這也太折磨人了——哎喲疼疼疼，我快不行了！」

莫霄陽同樣亂了陣腳，身上出現好幾處掛彩，勉強分了神，背對著謝鏡辭揚聲道：「謝姑娘，你們還好嗎？」

裴渡替她答了聲：「嗯。」

鬼魅越來越多，在這種情況下，沒人能顧及旁人。

謝鏡辭許久沒經歷過如此肆無忌憚的搏殺，在一片寂靜裡，只能聽見心臟劇烈跳動的聲音。等稍作停頓的時候，才發現周圍沒有付南星與莫霄陽的聲音。

謝鏡辭一怔。

「她終於發現咱倆不見了。」萬鬼窟外，莫霄陽哭笑不得地看著圓鏡投影，撓了撓頭：「謝道友……還真夠拼命。」

付南星低哼一聲。

他和莫霄陽來這裡十多回，回回死在這個節點上。

這次他不出意料重蹈覆轍，莫霄陽其實還能撐得更久一些，但眼看頹勢盡顯，知道剩下的三人撐不了太久，便也放鬆戒備，被一個偷襲送出了局。

「不出半盞茶的功夫，她必然會敗下來。」付南星身上痛覺未散，癱坐在一旁的石壁上：「你清楚那兩人的修為嗎？」

「謝姑娘應該臨近金丹，至於裴公子……」

莫霄陽一時間竟有些犯難，視線定定落在圓鏡上。

他和付南星，起初都沒怎麼把裴渡放在心上。

他從謝鏡辭口中聽過裴渡的名字，之前偶然見了，只覺得是個漂亮卻孱弱的年輕人，身體很差勁，不像有多麼渾厚的修為。

後來進入萬鬼窟，自謝鏡辭身死出局，裴渡更是緊隨其後，以極為遲緩的動作，被一個低等鬼物刺穿胸口。等之後謝道友回來，他才沒繼續出岔子。

雖然說出來不太好，可這不是妥妥的小白臉嗎？他之所以還在萬鬼窟裡沒出來，定然是受了謝鏡辭的庇護。

莫霄陽本來是這麼想的。

直到他們出了幻境，往圓鏡一瞧，才隱隱品出不對勁來。

那小公子像是刻意壓了修為，雖然一直沒做出什麼驚天動地的舉動，一招一式卻是游刃有餘、流暢自在。與其說是謝鏡辭在特佑他……

似乎改成「裴公子在不動聲色為她清理多餘的障礙」，這樣的表述才更加貼切。

「我是真搞不懂了。」鏡中刀光劍影，付南星看得目瞪口呆：「這兩人是什麼來頭？」

此時的攻勢已來到最高壓，他們身處幻境外，一眼就能看出兩人都已是強弩之末。

裴渡稍微好上一些，謝鏡辭渾身是傷，劈開抓在腳腕上的妖邪，吐出一口血。

「她都這樣了，還不出來？我——」

哪怕看她的模樣一眼，付南星都感同身受覺得疼，說到一半，駭然閉了嘴。

幻境裡的謝鏡辭與裴渡，來到他們曾經抵達過的、在萬鬼窟堅持最久的地方。

幽冥鬼物層出不窮，彷彿要填滿洞穴裡的所有縫隙，謝鏡辭擦乾嘴角鮮血，手中長刀劃出新月般的弧度，身法之快，已勾勒出數道變幻的影子。

身上的傷口隨之迸裂，她搏命去拼，生死關頭不容細想，每一次出刀都來自本能。

快要被遺忘的、如同瀕死野獸一樣的本能，在體內掙扎著逐漸復甦。

她不想輸，也討厭輸。

若是常人，就算能達到這樣的速度，也絕不可能忍受得了萬蟻噬心般的劇痛，更何況是在這樣的情況下聚精會神，在生死一線上求得生機。

原本你一言我一語的交談聲倏然停下。

哪怕是對謝鏡辭看不大順眼的付南星，也隔了半晌才怔怔道了聲：「……不是吧。」

蕪城並不富饒，鄰里街坊個個衣著樸素，唯有她好做作不清純，不管怎麼看，都是個被寵大的千金小姐。

付南星早就做了看好戲的準備，不管這大小姐被嚇哭或中途放棄，都有預料——可她這、這也太太太拼了吧？

他和莫霄陽經驗老道，卻覺得毫無希望，早早便退離幻境，哪曾想到隨隨便便帶來的新人殺紅了眼，一路往前。

等這件事結束，說不定反而會變成謝鏡辭看他們兩人的笑話。

那些幸災樂禍的心思盡數消散，付南星少有地凝了神色，注視圓鏡中的景象。

這是他們嘗試數十次，都沒有通過的煉獄。

血光四濺，鬼物發出聲聲哀嚎，發起最後攻勢。謝鏡辭頭痛欲裂，竭力要擋，卻見身旁一道白影掠過。

「區區鬼物，不勞煩謝小姐出手。」

裴渡站在她身前，語氣溫和清順，緊握著的長劍白芒乍現，銳氣難擋。

他倒是挺給她面子，哪怕看出謝鏡辭難以招架，也並不點明，只是稱作「不勞煩她出手」。

謝鏡辭在心裡低哼一聲。

刺目白光頓時填滿整個萬鬼窟，立於中央的少年黑眸深邃，於凜冽劍氣之間，頭一回褪去溫潤安靜，展現出恍如利刃的殺意。

劍氣暴漲，靈壓所及之處皆可殺伐，扶搖而起的剎那，妖魔邪祟盡作煙雲滅，空留嘶吼餘音。

莫霄陽眼底戰意驟起。

付南星呆若木雞，起了滿身雞皮疙瘩，訥訥的不知該說什麼。

「我靠。」他怔怔盯了半晌，心底湧起千萬種思緒，到頭來也不過吐出一句：「帥啊。」

可惜奇跡沒能發生，謝鏡辭和裴渡沒過多久就出了幻境。

死掉後被丟出去的。

裴渡那一劍耗盡全身氣力，結果一波未平一波又起，在無數妖邪的慘叫聲裡，鬼窟之主突然現身，只用一掌，就把兩人拍離萬鬼窟。

付南星居然沒接著之前的話和她鬥嘴，莫名其妙立在原地，不知在想什麼；莫霄陽則兩眼放光，跟在裴渡身後開啟無限拍馬屁。

謝鏡辭當了兩回黃瓜，被拍得心煩意亂，加之靈力所剩無幾，很快就從玄武境退開。

她本想儘快回到客棧，好好休憩一番，還沒走到武館大門，就聽見一道張揚的陌生男音。

「喲，這不是裴小公子嗎？裴家翻了天地大肆尋你……小公子卻藏進了鬼域？」

惹人生厭的語氣。

謝鏡辭不悅抬頭，正撞上對方挑眉一笑。

那是個人高馬大的錦衣漢子，眸中毫不掩飾地挾著輕蔑與不屑。

在他身旁，還跟著個面色白淨的少年，身著一襲玉白錦袍，腰間的龍虎玉佩價值連城，顯然來頭不小。

的確來頭不小了。

裴家三公子的身分，可不是人人都能搆到的。

如今鬼門未開，他們之所以能進入鬼域，應該同她與裴渡一樣，不小心踏進了空間裂縫裡。

謝鏡辭淡淡地瞥身旁的裴渡一眼，見他眸光幽沉，薄唇毫無血色，察覺到她的眼神，沉默著垂下眼睫：「謝小姐，我自會解決。」

——無論如何，他都不願成為她的麻煩。

那漢子並未認出她，趾高氣昂地上前，只當謝鏡辭與武館裡的其他人一樣，是鬼域原住民。

「小公子厲害得很，不過一條喪家之犬，來鬼域短短一日，就能尋得佳人在旁。」漢子說著嗤笑一聲，斜著眼睨她：「姑娘可知道他是個怎樣的人？妳若同他一道，恐怕——」

他話沒說完，就被謝鏡辭不耐打斷：「你誰？」

「在下裴府入門弟子，羅錚。」他揚唇笑笑，遞出一張方方正正的名柬：「姑娘可能不知道裴府是何等地位，我們府內……」

謝鏡辭默然不語，左耳進右耳出。

關於裴府居於何種地位，她並無絲毫關心。謝鏡辭唯一知曉的，是她正因幻境落敗心情不好，一出來就撞上了解壓神器。

俗話說得好，解壓有三寶，吃飯睡覺，打媽寶。

裴渡有些難堪。

倘若只是以這具殘損的身體待在鬼域，他還能竭力強迫自己，不去思考如今尷尬的處境。可一旦裴家出現，與他面對面對峙，那便是另一種截然不同的處境。

恥辱、陰謀、落敗、替身，所有因果沒了遮掩，大大方方地鋪陳而開，襯得他的存在可笑又多餘。

用「喪家之犬」來形容他，的確再合適不過。

羅錚抬眸，當初陡崖上的情形歷歷在目，他能看出裴渡修為大不如從前。

這是種非常奇妙的感受。

他與師兄弟們都知道，裴渡是與家主毫無血緣關係的養子，本應是低入塵埃的少年，卻因為一張臉一步登天。

這實在不公平。

羅錚在心裡無數次問過「憑什麼」。

憑什麼他只能遙遙仰視裴渡，憑什麼家主偏心裴渡一人，將他們視作遠遠不及他的蠢貨，憑什麼自己一定要活在他的光環之下，永遠不得重用。

現在好了。

裴渡心懷不軌，被家主擊傷墜崖，修為、名聲、家族倚仗，什麼都沒了。

羅錚想，自己絕不是因妒忌而報復。

裴渡勾結邪魔在先，他只是在行使正義。

「在裴家待了這麼多年，到頭來有什麼用？」羅錚冷聲笑笑：「最後還不是串通魔族，成了沒用的廢物。」

他說罷握緊腰間劍柄，本欲出言威懾，卻聽見一道清亮嗓音：「某些人在世上活了這麼多年，到頭來有什麼用？」

謝鏡辭手中把玩一縷長髮，懶聲開口：「只長身高不長腦子，最後還不是要早早埋進土裡，可憐喲。」

「妳！」

眼見他惱羞成怒，裴渡皺眉上前一步，握住男子伸出的手。

他速度極快，完全不留給對方反應的時間。羅錚本以為這位小少爺鬥意全無，哪曾料到他竟會出手，一個愣神，被裴渡反扭了胳膊。

這臭小子！

被毫無修為的傷患搶占先機，無疑是巨大的恥辱。

羅錚怒從心起，轉瞬之間拔劍而出，釋放層層劍氣。這道攻勢又快又狠，以裴渡如今的境況，定然無法避開。

然而他還沒來得及勾起笑，便怔怔呆住。

怎麼可能。

另一道更霸道的靈力撲面而來，竟將他的殺氣……硬生生壓下去了。

「這裡是武館，不適合尋釁滋事。」莫霄陽皺眉：「你講話怎麼這麼過分呢？仗著裴公子身受重傷，欺負人有意思嗎？行啊，這麼愛秀，來和我秀幾招你的功夫？」

他雖然不知道事情的前因後果，但在鬼域裡摸爬滾打這麼多年，好歹能從神色與行為分辨善惡好壞。

——任何心存良善之輩，都不會用這樣落井下石的語氣，來刻意羞辱一個修為盡失的病人。

莫霄陽的實力顯然高出一籌，羅錚被壓制得氣息大亂，咬牙切齒：「你們根本不知道他是什麼樣的人！裴渡他——」

他話音未落，就聽見一聲鋥然刀鳴。

謝鏡辭從儲物袋裡拿了刀，從拔刀出鞘到直指他腦門，只用了一眨眼的功夫。

她嗓音極淡，沒帶太多情緒：「想帶他走，不如先來比比？」

和羅錚一同來到鬼域的，還有裴家三少爺裴明川。

他是世家子弟裡出了名的廢柴，性格怯懦膽小，雖然知道母親與二哥的栽贓計策，卻並未獲邀加入——以他的性格，不知會弄出什麼麻煩。

其實要論裴家幾人的關係，他是與裴渡關係最好的。

爹娘都對他不抱任何期望，二哥也將其視為無物，只有裴渡願意同他說上幾句話，還把劍法訣竅傾囊相授。

但裴明川從不敢正大光明地接近他。

娘親那樣厭惡裴渡，倘若被她發現，一定會大發雷霆。

他不知道自己該怎麼辦。

也因此，方才羅錚出言羞辱，他自始至終都沉默著一動也不動——裴明川好不容易才與羅錚打好關係，一旦出言制止，或許會被這個唯一的朋友嫌棄。

如果他和羅錚算得上「朋友」的話。

他在一旁觀戰許久，直到謝鏡辭拿出鬼哭刀，神色終於出現一絲裂痕。

那把刀……有種異樣的熟悉。

有個荒誕的念頭匆匆閃過腦海，被他瞬間否定。謝家與鬼塚相距甚遠，更何況那位小姐還昏迷不醒。

羅錚沒想這麼多，冷笑著應聲：「這是妳自找的。」

「等等等等！」莫霄陽沒覺得謝鏡辭會輸，中途橫插一嘴：「這裡打不得，若是損壞了靈臺，我師父……」

「裴家家大業大，區區靈臺不在話下。」沉默半晌的裴明川定定開口：「靈石不是問題，我們會賠償一切損失。」

謝鏡辭不知怎地噗嗤笑出聲：「原價賠償？那多不划算，客人全被你們嚇跑，還有損失費呢。」

裴明川：「……」

裴明川：「兩倍。」

只要能把裴渡帶回家，爹娘一定會對他大有改觀，更何況即便當真算上兩倍價錢，他儲物袋裡的資產也足夠賠付。

對決一觸即發。

羅錚搶先出手。

他沒有憐香惜玉的習慣，利劍主攻速殺之道，淩厲如暴雪。

對於這個名不見經傳的鬼域少女，他壓根沒下多大關注，覺得她無非是被裴渡的臉迷了心竅，才不知天高地厚地叫囂。

起初他的動作行雲流水，然而漸漸地，覺察不對勁。

這人的刀法……這人用的刀法，為何與裴家劍術的其中幾式如此相像？

他摸不清這女人的身法。

她的出招雖然雜糅了與羅錚相似的路數，但更多還是其他稀奇古怪的刀法，種種截然不同的進攻方式交錯變換，被她用得得心應手——

這讓他想起一個人。

可那人絕不應該出現在此地啊！

當周慎聽見圍觀群眾吵吵嚷嚷的叫好聲時，兩人的交鋒已近尾聲。

謝鏡辭明顯占了上風，但那不是他應該關注的事情，因為——

「不！我的靈臺，整整一萬魔晶啊！喝西北風啦！西北風！」

莫霄陽趕忙安慰：「師父別難過，那位公子說了，會補償。」

「我呸！補償什麼補償！我這麼多年來的心血，是錢能彌補的嗎！」

群眾裡有人叫：「雙倍啊周老闆！」

刀風凜冽，沉沉下壓，羅錚額頭盡是冷汗，吃力接下。

周慎：「謔謔謔哈哈！這這這、這是我的玄玉鏡！怎麼就破了呢！我心欲死啊哈哈哈！」

經過方才在萬鬼窟一番搏命，謝鏡辭終於能熟練運用這具身體。

無數刀法、身法與奇門異術在腦海中一一浮現，她好似靜候老鼠的貓，並不著急直接將對手打敗，而是耐心欣賞他倉皇的表情。

周慎笑得好大聲，興奮到舌頭都快甩出來：「不！不！不！不！傳家之寶，我奶奶留下來的遺物！奶奶！我心已死！悲哀，這是人間最大的悲哀！」

莫霄陽：「師父，那是我今早買來的痰盂。」

對決已經到了盡頭。

在眾目睽睽之下，羅錚手裡的長劍被挑飛，發出刺破冬風的一聲嗡鳴。

「妳、妳——」他滿目驚駭，但仍心存最後一絲僥倖的念頭，咬牙狠聲道：「妳若敢繼續傷我，就是與裴家作對。裴府無數金丹、元嬰修士，你們無人招惹得起！」

謝鏡辭的動作倏然一停。

對方自以為找到關鍵，重新找回氣勢，勉強睜開被靈壓拍腫的右眼，直勾勾望向裴渡：「還有你……曾經威風凜凜的裴家公子，居然淪落到倒貼一個女人，真是可笑！」

裴渡攥緊衣袖，這回沒說話。

被打敗了還這麼振振有詞，打不過她就去挑釁裴渡，謝鏡辭只覺得這人好厚臉皮。

「這人好像不大聰明啊。」莫霄陽撓頭：「謝小姐，他們真的很有錢嗎？」

他問得隨心，絲毫沒有察覺，羅錚與不遠處的裴明川皆是一怔。

謝小姐。

這人當真姓謝。

倘若是風頭無兩的雲京謝家，羅錚之前那句「招惹不起」……

彷彿成了笑話。

「什麼倒貼？」謝鏡辭哼笑一聲，收了鬼哭長刀，後退一步。

裴渡境遇難堪，聞聲茫然抬頭，瞧見她突然雙眼噙著笑靠近。

「是我傾慕裴公子許久，今日聽聞噩耗，才特地離開雲京，前來尋他。」

她一面說，一面雙手攬上裴渡胳膊。

女子的手臂白軟柔嫩，手掌貼在他臂膀，輕輕一劃：「只可惜他一直對我冷冷淡淡，令人傷心——你說是不是呀？」

裴渡聽見謝鏡辭在笑，那笑聲低低的，降調成微弱而勾人的氣音，旋即輕飄飄吐出一句：「裴渡哥哥。」

裴渡在萬鬼窟給了她面子，謝鏡辭向來知恩圖報。

給面子這種事，顯然是相互的。

哪怕知曉這是謊言，裴渡耳朵還是轟隆隆炸開。

又麻又癢的電流橫衝直撞，將每一條經絡血脈灼得發燙。

他覺得自己應該是開心的，有什麼濃郁清甜的東西鑽進心底，悄悄撓癢癢。笑意沉甸甸掛在嘴邊，卻又不敢當眾表露，只能用力抿直唇角，露出紅透了的耳朵。

太奇怪了。

心臟居然可以像這樣又酥又燙，裹了一點微弱的疼，卻讓人甘之如飴。

「我既然是他未婚妻，於情於理，都有插手此事的資格。」謝鏡辭道：「他受了傷，我們先行回客棧歇息。」

惹上不該惹的人，羅錚頹敗得像隻乾死的魚。

她本以為能順順利利離開，沒料到居然又聽見另一道嗓音：「裴渡。」

是裴明川。

裴三公子從頭到尾一言不發，她就算想拔刀教訓，也找不到理由。

謝鏡辭覺得自己是個文明人。

就算有時候氣急敗壞打了架，那也不該被稱作「打架」，而是交流刀劍藝術之美，文明至極。

裴明川很少在人多的地方大聲講話，一時間侷促得紅了臉。

他心知娘親的計策上不得檯面，卻不曾制止，也沒向裴渡透露半點風聲。

他在怕。

怕這個沒有血緣關係的弟弟占盡風頭，襯得他怯懦膽小又無能；怕裴渡終有一日奪得家主之位，讓他們變成寄人籬下的可憐蟲；也怕幫了裴渡，被親生娘親與兄長厭惡。

可當裴渡墜落山崖，他在夜裡被妖魔嚇破了膽，剛想去找他說說話，在起身的剎那，不由得怔然愣住。

直到那一刻，裴明川才兀地意識到，再也不會有人願意靜靜聽他嘮叨，然後溫聲安慰了。

「你若是同我一起，去向爹請罪，或許……」

他沒把話說完，就茫然地呆立在原地。

裴渡還是和往常一樣，用漆黑沉靜的眼瞳看著他，只是這雙眼睛不再有絲毫柔和情緒，如深不見底的沼澤，波瀾不起。

像在看無關緊要的陌生人。

他被這道視線嚇了一跳。

謝鏡辭心情舒暢，朝裴渡靠近一步，挽緊他的胳膊，抬眼笑笑：「我們回房吧。」

我們回房。

她特地模糊了界限，這樣聽起來，彷彿兩人住在同一間臥房。

裴明川仍在掙扎：「裴渡！你莫要一意孤行！」

謝鏡辭：「廢話太多，會被埋進亂葬崗哦。」

裴明川臉色大變，又聽她噗嗤笑出聲：「開玩笑的，我怎麼會把你埋進亂葬崗呢。」

這才對，鼎鼎有名的謝家哪會做出此等惡行。

他還來不及鬆一口氣，就聽謝鏡辭繼續道：「謝家處理人，通常是直接扔到河裡的——沒人願意浪費時間去埋。」

裴明川澈底不說話也不動了。

呼。她爽了。

莫霄陽好佩服：「厲害！真是太仗勢欺人了！」

裴明川的臉色由黃變白再變黑，能跟萬花筒比一比五彩繽紛。

謝鏡辭沒有急著離開，似是想起什麼，揚高聲調：「對了，裴府家財萬貫，三少爺可別忘記賠錢。」

之前裴明川明明白白說起「靈石」，她聽出貓膩，用激將法刻意挖了坑。那小子想都不想就往裡面跳，順帶一波炫富耍帥，提了兩倍的價錢。

兩倍的賠償費啊。

他們肯定和謝鏡辭一樣，被鬼門縫隙莫名其妙捲來這裡，身上全是靈石，一顆魔晶都沒有。

他們這群外來修士走過最長的路，就是魔晶的套路。

論窮光蛋，謝鏡辭老有經驗了。

莫霄陽聽她傳音入密解釋一番，不由豎起大拇指：「哇！論惡毒，何人能及謝君也！」

他頓了頓，看不遠處如狼似虎、雙目猩紅的周慎一眼，一本正經指向地上的碎痰盂：「師父！悲哀，人世間最大的悲哀！這不是你奶奶留下的傳家寶嗎！」

裴明川很氣。

他聽過謝鏡辭的名字。

出生於皇城下的世家大族，年紀輕輕便刀術過人，是與裴渡齊名的少年天才——只可惜在一次祕境探險中遭遇不測，跟大蘿蔔似的躺在床上，昏迷不醒整整一年。

她不該如此湊巧地醒過來。

就算當真醒來，也絕對不可能特地來到鬼域，只為一個裴渡。

謝家小姐眼高於頂，對所有青年才俊都瞧不上眼。更有傳聞講，自從在學宮大比中險些輸給裴渡，她便一直對後者心存敵意，不狠狠壓他一頭誓不甘休。

謝鏡辭怎麼可能願意幫他？

羅錚落敗，謝鏡辭用看好戲的表情催著還錢。裴明川身為裴家三少爺，雖然從小到大不受寵，但也攢了頗豐厚的小金庫。

正所謂頭可斷血可流，面子不能丟，他強忍下屈辱與不甘，儘量保持雲淡風輕的模樣，看向武館館主：「一共多少靈石？」

無論對方說出怎樣的數字，他都不會表露絲毫震驚與恐懼。

這是裴家的尊嚴，世族的底蘊。

周慎正努力壓平嘴唇，露出弧度向下的狂笑，聽見「靈石」二字，微微愣住：「啥？靈石？什麼靈石？我們鬼域不用這種怪東西。」

怪、怪東西？

極端不詳的預感湧上心頭，裴明川震驚地半張開嘴。

周慎目光逐漸深邃：「你不會……沒有魔晶吧？」

魔、魔晶？

裴明川恐懼得瞪大眼睛。

裴明川終於意識到什麼，不敢置信地轉頭，直勾勾望向裴渡身旁的謝鏡辭。

這女人坑他！

裴家的尊嚴終於還是草草落下了帷幕。

靈石與魔晶不通用，裴明川想還清巨額債款，只能透過典當行兌換魔晶。

但最關鍵的問題是，身為男子，他不會像謝鏡辭那樣隨身攜帶珠寶首飾；作為裴府不受寵的廢柴少爺，他來鬼塚只是為了湊熱鬧，只想蝸居在後方靜待結束，然後去附近的城鎮揮霍靈石。

因此裴明川儲物袋裡沒帶太多值錢法寶，為數不多的天靈地寶又太過珍貴——珍貴到典當行老闆壓根認不出來。

比方說他忍痛割愛，苦口婆心介紹了整整一盞茶時間的高階續命丹，講到嘴皮子都快裂開，那老闆也只是幽幽地望著他，有如惡魔低語：「真的？我不信。」

你不信，他還捨不得賣呢！

裴明川氣得幾欲嘔血，又見對方摸一摸髮量稀少的頭頂，繼續道：「要不我給你一把刀，你捅捅自己再吃上一顆，讓我看看效果，如何啊？」

裴明川：「呵呵。」

裴明川：「大哥，你是不是忘記了？這續命丹我只有一顆。」

他如今最想做的，是拿一把刀捅捅眼前這個禿頂壯漢。

生活的毒打來得猝不及防。

靈臺在鬼域算是一種奢侈品，當裴明川二人終於東拼西湊還清債款，已經被掏空了身體與靈魂。

「唉，年輕人血氣方剛是常事，既然有心悔改，我就不追究你們今日的所作所為。」周慎捧著奶奶留下的傳家寶，長嘆一口氣：「鬼域裡像我這麼好說話的人很少了，這事放在其他武館裡，都會把你們揍個半死——往後再想打鬥，莫去別處，一定記得來我的天演道，雖然靈臺被毀很傷心，但誰讓我心地善良，捨不得責罰小輩，唉。」

裴明川被社會的車輪碾來碾去，心如死灰。

他在武館受盡折磨，另一邊的謝鏡辭，正心滿意足喝下冬日裡的第一碗熱湯。

她才不想把時間浪費在裴明川身上，早早與裴渡離開了天演道。

莫霄陽作為土生土長的蕪城人，說要盡一回地主之誼，帶著二人去食鋪嘗嘗鮮。

「這是老闆前往埋骨地，用魔獸製成的特色湯。」莫霄陽美滋滋咽下嘴裡的骨湯，搖頭晃腦：「那兩人此刻應該在典當行裡吧？被我師父那樣訛，真是虎落平陽被犬欺哦。」

裴渡低聲接話：「……莫道友，此處用『強龍壓不過地頭蛇』，似乎比較恰當。」

莫霄陽這才反應過來，自己把師父說成了狗。

他真是個人神共憤的孽徒。

謝鏡辭好奇道：「埋骨地？那是什麼地方？」

「好問題！」這人是個不折不扣的話癆，說話堪比機關槍，聞言立刻坐直身子：「蕪城雖小，但鬼域特別大。除了中央各大城鎮，環繞在周邊的，是名為『埋骨地』的不毛之處。」

謝鏡辭點點頭，聽他繼續說。

「聽名字也能猜出來，那鬼地方不太妙。直到目前為止，沒有一個人能走到埋骨地的盡頭。」莫霄陽少有地正色道：「鬼域的城鎮都有稀薄魔氣，對於魔修與鬼修大有裨益。可一旦進入埋骨地，魔氣就會成倍上漲，對於修為低弱的修士而言，無異於瞬間致死的劇毒——再加上成群結隊的魔獸啦邪祟啦，除了金丹以上，沒人敢闖。」

他說著又喝了口湯，俊秀五官被騰起的白霧籠罩，看不清神色：「蕪城地處邊界，你們一直往北，能見到一堵環形高牆。那是為了抵禦魔氣而設下的結界，要是那玩意兒破了，不出一柱香的功夫，蕪城必定屍橫遍野。」

裴渡聽見謝鏡辭應了聲：「這樣啊。」

他不動聲色，往上微微抬起眼，餘光落在她臉上。

冬日森寒，蕪城盡是白濛濛的霜雪與寒氣，謝鏡辭穿得很薄，全靠靈力禦寒，在瑩白如玉的面龐上，鼻尖泛著淺淺的紅。

裴渡想起在天演道武館裡，她輕輕抓住他手臂時的模樣。

他從沒料到謝鏡辭會說出那種話。

謝小姐向來自尊心極強，要讓她承認傾慕某人而不得，簡直和登天一樣難。

然而她就是用這種方式一步步靠近，在他跌入泥潭之際，維護他所剩無幾、被無數人嘲弄踐踏的自尊。

謝鏡辭忽然掀起眼皮，目光恰好在半空與他相撞。

她有些困惑地挑起眉。

裴渡脊背一僵，匆忙移開視線。

「對了。」謝鏡辭只當是巧合，並未多加在意，很快轉了視線去看莫霄陽：「你知道付潮生嗎？」

付潮生好歹是她的救命恩人，當時她向周館主打聽消息，卻被莫霄陽打斷，這會兒突然想起，心裡難免很在意。

「付潮生？他失蹤很多年了吧？」少年撓撓頭：「我對他瞭解不多，只知道他是師父曾經的朋友，後來莫名其妙不見了。」

「莫名其妙？」

「對啊，就在某天砰一下人間蒸發，怎麼也找不見他。很多人說，他是離開鬼域去往外界了。」莫霄陽說著一頓，壓低聲音：「關於這件事兒，坊間好像流傳過一個故事。」

他說得抑揚頓挫，如今把音調一壓，氣氛烘托到了極點，能與《鬼域生死門》比上一比。

謝鏡辭好奇心更盛，也跟著把音量壓低：「什麼故事？」

「妳難道不覺得奇怪，既然鬼域十五年一開，為什麼我們不去外界，偏偏要龜縮在這裡？」

她聞言果然皺了眉，莫霄陽嘿嘿一笑：「鬼域的魔氣雖能增進修為，但我們常年生活於此，早就對它形成了依賴，跟上癮一樣，沒辦法離開。」

所以在鬼域裡，靈石才會變成一文不值的廢石頭——幾乎沒有人能去外界。

「至於擺脫這種癮症的法子，被城鎮裡的各大掌權者私藏。他們都是修為極高的大能，個個在元嬰以上，平民百姓就算想搶，也是有心無力。」他說著喝了口水，眸光一沉：「蕪城由魔修江屠管轄，傳聞十五年前，付潮生曾向蕪城百姓做出承諾，欲刺殺他。」

謝鏡辭心口一緊。

「江屠統領三座大城，其中蕪城最為偏僻。他很少親自來到此地，只有在鬼門開啟的時候，會特地前來巡城。」莫霄陽打了個響指：「付潮生就是抓住他獨自巡城的機會，提刀出了房屋，可自那之後，就渺無音訊了。」

裴渡遲疑出聲：「他會不會戰死了？」

「真是戰死就好了。」莫霄陽搖頭：「那夜之後，江屠本人親口發話，稱他與付潮生一番纏鬥，在占據上風之時生出愛才之心，於是給了後者兩個選擇：要麼冒著必死的風險繼續打，要麼服下癮症的解藥離開鬼域，永不出現在他面前。」

既然沒有戰死，那付潮生必然選擇了第二條路。

「可是，」謝鏡辭想不明白，「我見過付潮生一面，總覺得他並非貪生怕死之輩。而且話本裡說了，當年大戰綺羅妖的時候——」

話沒說完，就聽莫霄陽「噗嗤」笑出聲。

這笑毫無徵兆，她挑眉一望：「怎麼了？」

「妳這句話，居然和我師父某日醉酒講出的言語一模一樣。」他聳聳肩：「他那天喝多了，扯著我的衣袖說，付潮生絕非貪生怕死之輩，當年大戰綺羅妖，他為救下三個小孩，差點獻出自己的命。十五年前的事情，必有隱情。」

對吧對吧！必有隱情啊！

謝鏡辭雙眼發亮，卻聽莫霄陽話鋒一轉：「但其實吧，蕪城人也都不信江屠那番話，在付潮生失蹤後，特地施展了搜魂術。」

謝鏡辭笑意滯住：「……沒找到？」

「對啊，沒找到。」他嘆了口氣：「付潮生的神識不存在於鬼域裡任何一處，因而只剩下唯一一種可能性：他背棄諾言，獨自去了外面。」

謝鏡辭有些苦惱地敲敲腦袋。

但這說不通。

鬼域裡的人對此一無所知，她卻知道得清清楚楚：在過去的十五年裡，修真界中從未流傳過「付潮生」這個名字。

以他的性情與修為，怎麼可能平庸無名的了卻殘生。

「這些都是陳年舊事，如今拿出來說，也沒什麼意義——咱們還是來誇誇謝姑娘吧！」莫霄陽對老一輩的事情不感興趣，開玩笑般看向裴渡：「倘若有誰對我這麼好，我絕對死心塌地跟著她，以身相許都願意。」

謝鏡辭哼笑：「可別，你那是恩將仇報。」

莫霄陽也不惱，順口接話：「我這樣是恩將仇報，那裴公子又是什麼？」

話題冷不防被拋過來，裴渡倉促抬頭。

他穿著厚厚的雪白裘服，面龐亦是玉一般的白，鳳眼生得狹長勾人，眼瞳倒是黑溜溜。這是張清冷出塵的臉，搭配他眼底被凍出的緋紅，莫名生出幾分——

謝鏡辭用手掩住嘴，輕咳一聲。

有點可愛，像隻白色的大呆鵝。

裴渡顯然不知道該如何回答這個問題，一時間怔在原地。

她被這個突如其來的聯想逗樂，托腮轉頭輕輕張了嘴，帶著明目張膽的逗弄，用口型無聲向他念出那三個字。

餐桌前出現短暫的寂靜。

然後兩道聲音同時響起。

謝鏡辭：「在恩將仇報之前，也得他願意以身相許啊。」

裴渡：「我是大呆鵝。」

謝鏡辭：「噗。」

裴渡：「……」

張牙舞爪的熱氣從後腦勺瞬間躥上頭頂，裴渡僵著脖子，憋了好一會兒，才努力澀聲道：「不是，我是想問……二位喝完湯，想不想去吃鵝。」

這是他能想出的最優解，畢竟從讀音來看，「是」和「吃」算得上相似。

莫霄陽實在沒忍住，「呋」一聲笑了場。

他看出小公子的侷促，板下臉來正色道：「吃鵝這種事，我就算了，留給謝姑娘慢慢享用吧呋呋——咳，近日患了風寒，嗓子總在漏風。」

裴渡聽見這句話，本來沒想太多。

但莫霄陽神色有異，他總覺得不對勁，一番細思之下，終於明白對方話裡的深意。

他先說了自己是鵝，如今再加上一個「吃」，不管怎麼想，都……

放在瓷碗上的手指暗暗用力，關節滲出水泊般一團淺白。

不管怎麼想，都在原本正經的邀約裡，隱約蒙了層說不清道不明的曖昧，如同引誘。

那股滾燙的火越燒越熱，肆無忌憚席捲全身，在心口處陡然升溫。

可他分明不是……不是那個意思。

他下意識想要解釋，甫一抬眼，卻瞥見謝鏡辭耳廓淺淡的薄紅。

她必然明白了一切，因此才故作鎮定地埋頭喝湯，只為掩飾心底尷尬，不讓彼此難堪。

裴渡悲從心起。

他好猛浪，好罪惡。

他沒有一點三好門生優秀劍徒的模樣，竟然在言語上輕薄了謝小姐，讓她尷尬到臉紅。

至於應該如何解釋，這題太難，他不會做。

謝小姐說得對，當什麼劍修，他活該變成一隻鵝。

在裴渡頓悟的剎那，謝鏡辭終於遲遲抬頭。

裴小少爺自稱「大呆鵝」的場景實在有趣，她沉浸其中，自顧自樂個不停，把莫霄陽的言論一筆帶過，沒怎麼在意。

因此抬起頭時，謝鏡辭腦袋裡只剩下兩個念頭。

一是這湯好燙，她被熱到耳朵發麻。

二是人外有人天外有天，好傢伙，裴渡居然體虛至此，不僅耳朵，整張臉全是紅的，看樣子是被燙壞了。

體虛是病，得治啊。

第四章　茶香四溢

修真之人雖慣於辟穀，但無形無蹤的天地靈氣總歸比不上騰騰熱湯來得溫暖，一碗濃湯下肚，謝鏡辭心滿意足瞇起眼睛。

自從在萬鬼窟見識到裴渡的劍術，莫霄陽就一直用狗狗一樣的眼神盯著他瞧，知道他年紀比自己小，又驚又喜又惋惜，嘴張得能塞下裴明川半個頭。

「以周館主平日的作息，他此時可有空閒？」謝鏡辭吃飽喝足，倦意一掃而空：「我想去問問關於付潮生的事。」

付潮生活不見人死不見屍，作為曾被他救過一命的小粉絲，謝鏡辭敢用裴渡的名譽擔保，這件事裡必定藏了蹊蹺。

鬼門未開，她在鬼域裡閒著也是閒著，不如抽空去問一問，說不定能找到些線索。

「找我師父？」莫霄陽趕忙搖頭：「估計沒戲。我也曾對付潮生很感興趣，想從他那兒套話——方才告訴妳的那些，就是他透露給我的全部內容了。」

「所以，」裴渡溫聲道：「周館主也覺得，付前輩獨自逃去了外界？」

「這我就不清楚了。」莫霄陽吹起一縷散落的黑髮，環抱雙手靠在椅背上：「反正兩兩相隔，無論師父究竟怎麼想，其實已經不重要了吧？更何況過了這麼多年，就算他曾經有過不平，如今又能剩下多少？」

那可是整整十五年。

莫霄陽覺得，師父肯定連付潮生的模樣和聲音都忘記了，哪裡來的心思，去操心早在十五年前就註定不會再見面的朋友。

所以周館長這條線不能用。

謝鏡辭在心裡的人員花名冊上打了條斜槓：「既然這樣，只能去找蕪城裡的其他人打聽情報……但滿大街地四處詢問，好像有點太浪費時間了。」

而且普通百姓消息來源有限，恐怕聽見的多是流言蜚語，被加油添醋過，當不得真。

她一時有些苦惱，思索之際，突然聽見莫霄陽笑了聲：「倒也不必四處詢問。你們剛來這兒可能不知道，在蕪城有個號稱『無所不知』的情報販子——咱們可以去找找她。」

莫霄陽是個不折不扣的行動派兼熱血少年，能把吸血鬼燙出滿嘴泡的那種，說幹就幹，帶著謝鏡辭往蕪城邊緣走。

至於裴渡不能受寒，被她早早支回了家。

「那個情報販子名叫『溫妙柔』，同我師父認識，脾氣不太好。」莫霄陽道：「妳待會兒可要當心，千萬別惹惱她——我聽說有個客人胡攪蠻纏故意找碴，直接被她下令去餵魔獸了。」

謝鏡辭很快察覺到關鍵：「下令？」

「想當情報販子，當然得有點人脈和財力。」他揚唇一笑：「溫妙柔的修為已至元嬰一重，在蕪城這種小地方算是數一數二——看見這條街了麼？雖然名義上由江屠統領，但其實吧，全是她的。」

那豈不是跟女皇似的。

謝鏡辭挺羨慕。

可惜這種羨慕只持續了須臾，待她看清眼前街道的模樣，羨豔的情緒便盡數煙消雲散。

越往蕪城邊緣走，闖入視線的房屋就越是低矮破舊。

天演道武館與客棧都位於城中央，在謝鏡辭的印象裡，蕪城雖然不算多麼繁華，但總歸擔得起一句「祥和漂亮」，唯有這條偏僻的長街格格不入，蕭索至極。

矮小的茅屋與瓦房如同棋盤，錯落且密集地填滿長街兩側，遠遠望去，宛如脊背佝僂的沉默人影。

冬風裹挾著雪花飄飄灑灑，如今雖是寒冬，此地卻少有純粹的白。

地面盡是汙泥、廢棄物、腳印與隔夜剩菜，沁開一片片烏黑雪水，幾團保存完好的雪堆反而像是醜陋白癜，如同與世隔絕的純白孤島。

溫妙柔……居然心甘情願住在這種地方？

「妳不用驚訝，其實在蕪城，這樣的地方才是大多數。」莫霄陽神色如常：「這兒以前更髒更亂，直到溫妙柔決定住下，才慢慢變得好些——我也不太懂，她為什麼要住在這條街上。」

謝鏡辭低低應了聲「唔」。

這裡道路狹窄、分岔眾多，條條小巷好似蛛網千千結，四周充斥著濃郁的陳腐氣息，有如迷宮。她跟著莫霄陽走了好一會兒，終於見到一幢精心修葺的小閣。

聽說溫妙柔與周慎關係不錯，而他又是周慎的愛徒，因而沒費多大功夫就進了閣樓。隨引路的小童一直往前，穿過漫長階梯，謝鏡辭望見一扇緊閉的木門。

小童敲了敲門。

屋內有人低低應了一聲，旋即木門發出「吱呀」輕響，在沒有任何外力的情況下兀自打開。

這裡應該是處書房。

嫋嫋白煙聚散不定，如河流緩緩溢出，在薰香最濃處，坐著個垂頭看書的女人。

溫妙柔人不如其名，跟「溫柔」二字八竿子打不著，雖然生了張恬靜漂亮的臉，周身氣質卻是冷冽肅然，隱約帶了點不耐煩的神色，一襲火紅長裙張揚得沒邊。

不等小童開口，她便將書冊砸在一旁的桌面上，抬眼掃視一番：「莫霄陽？」

莫霄陽和這位不熟，有點怕她：「是、是我，溫姐姐。」

溫妙柔沒做回應，把目光挪向謝鏡辭：「那這位，想必就是謝姑娘吧？」

謝鏡辭有些詫異，見她眸光一轉，繼續道：「昨夜周館主同我提起過，說武館裡來了個很厲害的小女孩。他狠狠誇讚了謝姑娘一番，說刀法絕世無雙，同齡之輩無人能與之匹敵——可巧，我也是個用刀的。」

不對勁。

這人說到後面，已經有那麼點咬牙切齒的意思了。

「糟糕，我想起來了！」莫霄陽警惕心驟起，心中警鈴大作，趕忙傳音入密：「聽說溫妙柔最愛與人比試，但凡遇見看不順眼的人，都要比上一把——咱們不會這麼倒楣吧！」

溫妙柔：「既然謝姑娘對刀術造詣如此之深，不如同我來比一比，如何？」

莫霄陽：「……」

「我修為已至元嬰，絕不會做欺壓小輩之事。」她說著緩步上前，瞥了被丟在桌上的書冊一眼，挑眉一笑：「我方才在看詩集，覺得挺有意思，聽說謝姑娘飽覽群書，不如這樣，我們分別以刀作詩，如何？」

「陷阱，這是個陷阱！這女人肯定是想做掉妳！」莫霄陽像隻跳腳的雞：「但凡和她比過的人，只有輸家能活著離開這棟樓！蕪城裡來來往往這麼多修士，沒一個活人贏過她——千萬要輸啊謝姑娘！不然咱們倆全完了！」

謝鏡辭差點吐出一口老血。

不帶這麼玩的啊！周館主坑她！

那邊的溫妙柔還在慢悠悠講話：「輸的人把刀借給贏家用一天，怎麼樣？」

謝鏡辭：「……」

謝鏡辭強顏歡笑：「好。」

不就是把鬼哭刀借出去一天嗎，除了會有一點點心痛，沒什麼大不了。看她當場來首敷衍湊數的打油詩，把溫妙柔送上詩壇第一的至尊王座。

「謝姑娘可千萬不要敷衍了事。」溫妙柔正色冷聲：「我最討厭敷衍之人。作詩不用心的後果……妳知道的吧？」

對不起她不想知道！

謝鏡辭有些為難。

穿越小說裡，女主人公憑藉古人詩詞驚豔全場的橋段已經爛透大街，到她這裡卻成了淒慘的烏龍，既不能太過敷衍，又不能占盡風頭贏下這一盤。

等等。

在一團亂麻的思緒裡，突然浮起一根明亮的金線。

她還沒完，她或許……能這樣幹。

謝鏡辭福至心靈，拿起一旁準備的紙筆。

她寫得很快，抬頭把宣紙遞給小童時，溫妙柔居然也剛好寫完。

為確保公平公正，兩張紙皆不做署名，由認不出字跡的莫霄陽當眾朗誦，裁判則是規規矩矩坐在書房裡的五六個小童。

「那、那我念了啊。」莫霄陽忐忑不已，與謝鏡辭交換眼神，低頭打開第一張宣紙：「這個……詩題：《刀客行》。」

這是溫妙柔的詩作。

謝鏡辭心下了然，發出一聲惡毒反派奸計得逞後的得意冷笑。

以她寫在紙上的那些東西，但凡這人有點文采，就絕對能碾壓她穩穩贏下此局。

溫妙柔千算萬算，無論如何都算不準她在那麼多小世界裡學來的千層套路。

她原本信誓旦旦。

直到聽見莫霄陽念出的第一句：「放眼看刀門，老娘第一人。」

謝鏡辭如遭雷擊。

「放眼看刀門，老娘第一人。

半路逢仇家，我是你親媽。

把兒一頓揍，出門吃烤鴨。

紅燒三十六，碳烤九十八。」

謝鏡辭：「……」

結果妳自己寫的就是敷衍湊數打油詩啊！而且後面完全沒有在寫刀，不如改名叫《買烤鴨》吧！

小童們面無表情甚至想笑，謝鏡辭有點慌。

她看溫妙柔拿著書，以為這是個滿腹經綸的正經人，可是這這這——

不會吧。

她應該不會贏吧。

莫霄陽念完第一首，朝她投來迷茫恐懼的眼神。

謝鏡辭不知應該如何回應。

「然後是第二首，這個叫……《刀的誘惑》。」

他輕咳一聲，撓頭用字正腔圓的聲音繼續念：

「為所有刀執著的痛，

為所有刀執著的傷，

我已分不清愛與恨，是否就這樣。

血和淚在一起滑落，

我的刀破碎風化，

顫抖的手卻無法停止，無法原諒。

錯愛一把刀，註定被遺忘。

讓時間埋葬，什麼都不剩下。」

場面沉寂，小童們面面相覷。

好像有戲！

謝鏡辭嘴角的弧度逐漸上揚。

沒想到吧！她寫在那張紙上的，正是《無法原諒》的修改版歌詞！

好不敷衍，情感好真實。如今被莫霄陽用主播腔一字一頓念出來，簡直是違和它娘給違和開門，違和到了家。

這能贏？這要是能贏，她當場把鬼哭刀吞——

偌大的書房裡，忽地傳來一道掌聲。

緊接著越來越大。

謝鏡辭永遠也忘不了那時的景象。

小童們歡天喜地喝彩連連，誇讚好一個「為所有刀執著的痛」。

溫妙柔咬牙切齒齜牙咧嘴，如同一頭憤怒的牛。

莫霄陽與她遙相對望，面部表情如同扭曲的慢動作，慢慢皺成一張猙獰的褶子紙。兩人的眼底淚光閃爍，那都是屬於他們光明的未來。

溫妙柔五官扭曲，吭哧吭哧喘著氣，遞給她一把彎刀。

謝鏡辭嘗試拒絕：「不用了不用了，我碰巧運氣不錯，贏下這一局純屬巧合，不必太過當真。」

四周再度陷入沉默。

溫妙柔眉頭緊擰：「妳是在說我運氣很爛？」

謝鏡辭似乎有點明白，為什麼在來這之前，莫霄陽會特地強調這人「脾氣不好」了。

不過……既然溫妙柔把話題引到這裡，或許她能趁機做做文章。

「我不是這個意思。」謝鏡辭細思片刻，禮貌笑笑：「其實我運氣向來不好，妳若是不信，再與我比一比運氣如何？」

溫妙柔輸了第一局，心裡肯定不服氣，分分鐘能把她和莫霄陽丟進埋骨地。倘若她在接下來落敗，或許能讓對方平息怒意。

還有這把莫名其妙被送到手裡的刀。

她真是一刻都不想再握了！

「我經常與人對賭，謝姑娘可要當心。」溫妙柔聞言笑笑，囑託小童拿來一筒竹籤，握在手中：「這是被施了魔氣的凶簽，一共三十根。在這三十根裡，其中之一標注了『大凶』，只要抽中，就會被魔氣襲擊。不知謝姑娘有沒有興趣來上一把？」

「我沒問題。」謝鏡辭點頭：「不過有個條件。既然上一輪的輸家有懲罰，那這一輪自然也不能落下——我提議，輸的人要把身上最新得來的東西無償送給贏家。」

天才，謝姑娘真是天才啊！

這樣一來，只要她故意輸給溫妙柔，就能名正言順送還手裡的那把刀。到時候溫妙柔得了刀還獲了勝，高興還來不及，怎麼會遷怒他倆。只是苦了謝姑娘，要平白吃上一擊魔氣。

莫霄陽感動不已，又聽謝鏡辭道：「這竹籤由你們準備，我擔心會被做手腳。能否讓莫霄陽檢查一番？」

她說罷，面色不變地傳音入密：「記得做記號，最好是指甲劃痕，不容易被他們發現。」

莫霄陽很快就檢查完畢，把竹籤盡數歸還，放在書桌上的木筒中。

謝鏡辭晃眼一瞥，很快找到那根被劃了痕跡的竹籤。

上天佑她。

這能贏？這要是能贏，她就當場把鬼哭刀吞下去。

溫妙柔活動手腕，末了輕輕抬眼：「我先來，妳不介意吧？」

她頓了頓，又道：「謝姑娘可千萬不要敷衍了事。我最討厭敷衍之人，抽籤不用心的後果……妳知道的吧？」

……妳還來啊！

謝鏡辭：「不介意不介意。」

她當然不介意。

這會兒竹籤還在，抽中大凶的機率低達三十分之一，又不是什麼驚天大臭手，怎麼可能一下就抽到。她的路還長，她還可以一步步慢慢——

謝鏡辭的笑意陡然停住。

但見溫妙柔俯身往前，修長食指在半空悠悠一旋，最終落在其中一根上。

在那根竹籤上，赫然有道微不可查的、被指甲劃出的小小紋路。

救命啊！還真是驚天大臭手啊！

溫妙柔被魔氣擊飛的那一瞬間，整個世界都安靜了。

謝鏡辭雙目圓睜，伸手做出蒼白無力的挽留。

小童們大驚失色，個個捧著臉模仿名畫《吶喊》，抽氣聲此起彼伏。

莫霄陽面無血色，彷彿被生活榨乾了最後幾滴血肉，嘴唇張張合合，吐出幾個無聲的大字，謝鏡辭努力辨認，才認出他在撕心裂肺地尖嘯：「不，不，不——！」

被擊飛的溫妙柔本人則是滿臉茫然，保持著右手前伸的姿勢騰空躍起，最終啪地落在書房角落。

莫霄陽與小童們呆若木雞，唯有謝鏡辭一馬當先衝到她身邊，還沒開口，就被溫妙柔往手裡塞了個溫溫熱熱的東西。

對了，這是她身上最新得到的東西，按照規矩，是要交給贏家的。

身上的物品，無非是衣物或珠寶首飾，無論如何，應該不至於太讓人難堪。

這算是不幸中的萬幸，謝鏡辭暗暗鬆了口氣，低頭的瞬間，望見一抹刺眼鮮紅。

溫熱，柔軟，通紅。

謝鏡辭四十五度仰望天空，眼角有淚滑過。

假如她曾經做了錯事，應該由法律來懲罰，而不是讓她經歷這種事情。

溫妙柔身上最新得來的東西……為什麼會是這人的肚兜！

沒救了，毀滅吧，謝鏡辭心如死灰。

按照這個趨勢，別說被丟去埋骨地餵魔獸，她覺得溫妙柔隨時可能一氣之下，當場把她做成一個肚兜。

「妙柔姐，妳沒事吧！」

小童們「噠噠噠」飛奔而來，謝鏡辭面無表情地藏好手中布料，看他們將溫妙柔小心扶起。

「沒事。」溫妙柔體型高挑，在孩子群裡顯得格外突出。她被摔得有點懵，沉默一陣，不耐煩地瞪謝鏡辭一眼：「不比了不比了，真煩人——妳想打聽誰的消息？別浪費時間。」

嗯？

她難道不應該暴跳如雷靈力暴漲，讓這兩個不速之客和曾經贏過她的人一樣，永遠安靜地閉上嘴嗎？

謝鏡辭試探性開口：「十五年前失蹤的付潮生。」

紅裙女修的神色僵住。

她自始至終都有些吊兒郎當，像團橫衝直撞的火，即便接連落敗，目光也從沒暗過。

然而陡一聽見這個名字，溫妙柔眼底卻忽然失了亮色，聲音亦是低沉許多，顯出幾分警惕的殺意：「付潮生？妳問他做什麼？」

「她她她，她不會殺我們兩個滅口吧？」另一邊的莫霄陽提心吊膽，低聲詢問身側的小童：「你們殺人用暗器還是毒藥？我們還有機會嗎？還有，以溫妙柔這水準，到底是怎麼做到百戰百勝的？」

小童皺著眉頭瞟他幾眼，似是被問得不耐煩，飛快接話：「待會兒跟我去拿錢。等你們出去，就說在對賭中輸給了妙柔姐。」

莫霄陽：「啥？」

「我們樓裡的開銷，一半用在打探情報，還有另外一半，都用作了給客人們的封口費。」小童長嘆一聲，看他像在看傻子：「不然你以為，蕪城裡怎會從沒有人贏得了她？」

哪有什麼歲月靜好，不過是錢在替她負重前行。

——結果溫妙柔這女人，根本就沒贏過啊！

付潮生，鬼域龍城人，無師無派，自創流霜刀法，後遇劍客周慎，闖幽谷，斷長河，遊遍鬼域盡斬妖邪，不知其所終。

話本難免對故事加油添醋，謝鏡辭看完《鬼域生死門》，只大概瞭解到一些付潮生的人生軌跡。

她少年心性，對這種行俠仗義的情節最難抗拒，當年看得撓心撓肺，因為那個潦潦草草一筆帶過的開放性結局頹廢了好幾天。

——結果此時此刻當真來到鬼域，親眼見到兩個主人公的結局，反而讓她心裡更不是滋味。

付潮生在十五年前便蹤跡全無，還背負了懦夫的惡名；周慎雖然健在，但俠氣全無，成了沒什麼作為的武館老闆。

這不是她期待的故事。

所謂「從此幸福安康生活下去」的結局背後，只有滿地雜亂的雞毛。如今蕪城裡發生的一切，都和俠義豪情與仗劍天涯沾不上邊。

「我想知道，」謝鏡辭斟酌一番言語，沉聲道：「當初付潮生與周慎離開斜陽谷，之後發生了什麼。」

斜陽谷，正是《鬼域生死鬥》結尾處戛然而止的地方。

溫妙柔斜倚在一根木柱上，神色淡淡地打量她，答非所問：「妳和他什麼關係？」

莫霄陽曾叮囑過，付潮生在蕪城的名聲不算好，為避免不必要的麻煩，儘量不要在外人面前表現得太過崇拜他。

謝鏡辭略微一頓：「我曾聽說過他的事蹟，有些感興趣。」

溫妙柔眉間隱有鬱色，似是不耐煩：「那妳應該知道，他背棄承諾、出賣同仁的事囉？」

「我知——」

最後的字句沒來得及出口，謝鏡辭恍然愣住。

「背棄承諾」她的確聽說過，但之後那四個字又是指哪件事情？

一提到付潮生，溫妙柔的神態就變得不對勁，語氣陰沉了不少。

謝鏡辭猜出這兩人曾有過瓜葛，小心試探：「出賣同仁？」

「蕪城中人沒那麼小心眼。妳以為單純的背信棄義，就能讓他們記恨付潮生這麼多年？」溫妙柔見她雙目茫然，冷笑一聲：「他們最怨恨的，是付潮生將機密洩露給江屠，當作離開鬼域的籌碼，害不少人無辜殞命、家破人亡。」

這事她還真沒聽說過。

謝鏡辭迅速抬眼，和同樣茫然的莫霄陽交換眼神，聽紅裙女修繼續說。

「看見屋外那條破街了嗎。」溫妙柔道：「在江屠統領之下，高位者驕縱奢靡夜夜笙歌，像我們這種小地方的窮人，只有苟延殘喘的份——生活在這種地方，任誰都想要搏上一把，將那群惡棍推翻吧？」

謝鏡辭點頭：「所以『同仁』是指，其他想要刺殺江屠的人？」

「江屠修為高深，蕪城裡任何一個人單拎出來，都不是他的對手。在付潮生出現之前，城裡暗中集結了一群義士，想在鬼門開啟、江屠巡城之際群起而攻之。」

但這種方法成功率很低。燕城裡的修士，連金丹期都為數稀少，他們大多是築基修為，若想對抗江屠，無異於以卵擊石。

「後來付潮生來了，這個擔子便落到他頭上。」溫妙柔本在低頭把玩指甲，說到這裡兀地抬頭：「待他失蹤後，江屠聲稱從付潮生口中得來了有人意圖謀反的消息，旋即派遣監察司，將全部義士誅殺殆盡。」

她說著低笑一聲：「你們這些小輩沒聽說過，其實挺正常——自從那件事一出，監察司就跟瘋狗一樣四處搜查亂黨，時至今日，已經沒人敢提起當年的事了。」

這是謝鏡辭從沒料想過的發展。

如此一來，付潮生的結局豈止是一地雞毛，分明成了灘汙濁不堪的泥，由萬眾敬仰的英雄到遺臭數年的叛徒，只用了短短一日的時間。

「但……無論是付潮生離開鬼域，還是他背信棄義、出賣蕪城百姓，其實都來自江屠的一家之言吧？」謝鏡辭皺眉：「倘若一切都是江屠刻意編造的謊言，也並非全無可能。」

溫妙柔並未立即回應。

她不知在想什麼，突然往前邁開一步，若有所思地把謝鏡辭上下端詳一番，眸光定定：「周慎說，妳曾被付潮生救過一命……妳也不信他是貪生怕死之輩，對不對？」

也？

謝鏡辭一陣愣神，又見溫妙柔靠得更近：「付潮生在斜陽谷，打敗的那玩意兒叫什麼？」

謝鏡辭脫口而出：「九頭蟒。」

「他最常用的一招刀法是？」

「斬寒霜。」

「他最喜歡的食物和女人類型是？」

「牛肉麵和……這種事話本裡怎麼會寫啊！」

等等。

謝鏡辭壓下覺得這人莫名其妙的念頭，心中一動。

她之所以知道這些，全因對付潮生崇拜至極，才會認真記下話本裡的一字一句；溫妙柔雖是情報販子，但如果對他毫不上心，定然不會把每個細節都記在腦袋裡。

更何況，在不相信付潮生貪生怕死那件事上，溫妙柔用了「也」。

謝鏡辭：「妳莫非也是——」

「我就知道，看過他生平事蹟的人，怎會不心生仰慕。」溫妙柔一把捏住她肩頭，一段好端端的對話，硬生生被她講出了幾分地下接頭的崇高使命感：「我懂妳。」

什麼叫海內存知己，天涯若比鄰。

什麼叫久旱逢甘露，他鄉遇故知。

她猜得果然沒錯，這也是粉絲。

而且以溫妙柔的架勢來看，絕對是付潮生鐵打的大粉頭！

「江屠就是惡霸，只要對他有利，任何事都幹得出來。」溫妙柔長吐一口濁氣：「當初在斜陽谷決戰九頭蟒後，付潮生與周慎都受了危及性命的重傷，受一名醫女所救，來到相距最近的蕪城休養。後來付潮生與那名醫女相戀，加之周慎傷及識海、修為大損，兩人這一住，就是整整四年。」

謝鏡辭好奇道：「那位醫女現下如何？」

「難產，生下孩子便去了。」她似是想到什麼，冷冷嘖了一聲：「那小孩不堪大用，毫無能耐，不但沒能繼承他爹的一丁點天賦，還聽信讒言，篤信付潮生是個沒用的懦夫，在許多年前離開蕪城，直到今天也沒回來。」

莫霄陽聽到這裡，不自在地輕咳一聲。

謝鏡辭心有所感，悄悄傳音：「付潮生的兒子，不會就是付南星吧？」

他猛地挺直身子，滿臉不可思議地抬起眼睫，看那眼神，分明在問「妳怎麼知道」。

這要是無法猜出來，簡直侮辱了謝鏡辭在小世界裡惡補的各類話本——

除非蕪城裡有個地方叫付家屯，否則以「付」這個極其罕見的姓氏來看，看似毫無關係的兩個人，一定潛藏著某種關聯。

只要意識到這一點並迅速指出，就能避免日後冗雜的揭露階段，以及套路性的「大驚失色」或「不敢置信」。

所謂碾平一切套路，讓套路無路可走，謝鏡辭很喜歡。

「不提那小子，晦氣。」溫妙柔又恢復了雙手環抱、背靠木柱的動作：「總而言之，如妳所見，如今的蕪城被剝削到只剩下一張皮，城中的富人們還能勉強尋歡作樂，周圍盡是一貧如洗的窮光蛋。至於十五年前的那件事，存在兩個最大的疑點。」

「第一，根據那次失敗的搜魂術，付潮生的魂魄不在鬼域，只可能是去了外界，這樣一來，他的去向就成了個謎。」

「第二，當年的告密者尚不明晰。若想知道所有義士的身分，告密者要麼在他們中間，要麼與他們關係極為密切——但據我所知，符合條件的人全都沒命了。」

這便是溫妙柔能提供的所有情報。

或者說，是她願意給謝鏡辭提供的所有情報。

淺顯卻詳細，未曾涉及絲毫內核，這是個城府不淺的女人，哪怕有所隱瞞，也絕不可能被輕而易舉挖出來。

「我還有一個問題。」

謝鏡辭望窗外一眼，皚皚白雪被地面的汙水浸透，俯視而下，能遙遙望見幾個衣衫單薄、追趕打鬧的孩童。

她只匆匆看了須臾，很快把視線移回溫妙柔臉上：「此處貧陋，溫姐姐不可能缺錢，為何執意住在這裡？」

溫妙柔哼笑。

她音量很低，語氣裡少有地帶了笑意：「這是我長大的地方，總歸捨不得離開——話說回來，付潮生還在的時候，經常帶著我到屋頂堆雪人。」

這條街的道路髒汙至此，的確只能在房頂堆雪人了。

「那段日子雖然窮，但其實挺開心的，我的運氣也沒現在這麼爛。」溫妙柔語速很快，講話極少出現停頓，此時卻微不可查地一滯：「付潮生對所有小孩都很好。我記得有天山中起火，是他衝進火海，把一個男孩救了出來——他整個後背都被燒傷，那男孩反倒只有左手留了疤。」

謝鏡辭「唔」了聲。

「待妳離開，儘量不要和其他人談起付潮生。」溫妙柔道：「監察司和金府在四處查探，倘若被他們聽見，恐怕會惹出不必要的麻煩。」

「金府？」

「那是付潮生失蹤後，江屠派來的一條走狗，專門幫他平息動亂苗頭。近日力度比以往大上許多。」她說著勾起唇角，眼底眸光暗湧：「鬼門將開，按照慣例，江屠會在明日來到蕪城……妳且做好準備，說不定能有好戲看。」

溫妙柔不愧是巨有錢的富婆粉頭，在蕪城孤零零仰慕付潮生這麼久，終於遇見了同好知音，一時間喜上心頭，聽聞裴渡筋脈盡斷，特地幫忙尋了蕪城裡最好的大夫，嘗試為其修脈療傷。

謝鏡辭在房外等候許久，待得天色漸暗，終於聽見房門被打開的吱呀聲響。

大夫一句「我盡力了」張口就來，讓她有種房屋裡躺著具屍體的詭異錯覺，經過一段短暫停滯，又聽對方補充道：「裴公子傷勢太重，以我的修為，頂多能治好兩成。」

謝鏡辭長舒一口氣：「沒事大夫！謝謝大夫！大夫你辛苦了！」

所謂修脈，顧名思義，就是修補破損的脈絡，讓靈力得以在體內運行。

人體十二經脈縱橫交錯，如同巨網遍布全身，裴渡傷上加傷，經脈早就跟碎拼圖似的一片片碎裂，想要修補，難度必然不小。

能在鬼域裡恢復兩成，已經算是不幸中的萬幸。

大夫一番叮囑後告辭離去，謝鏡辭心情不錯，敲了敲大開著的門。

屋子裡響起低低的一聲「進來」。

修脈的疼痛不比受傷時小，她曾經聽過描述，說如同拿著針線狠狠穿行在血脈裡，讓人生不如死。

此時一看裴渡，果真面色蒼白如紙。

他疼得厲害，劇痛殘留在體內尚未消退，眉頭隱隱擰著，眼見謝鏡辭進來，啞聲喚了句「謝小姐」。

「還是難受?」

她聽出這聲音裡的勉強,輕車熟路坐在床榻前的木凳上,垂眼瞧他。臉好白,嘴唇也是,眼睛倒是黑黝黝的,泛了點微弱的光。

裴渡倘若能慢慢變好,謝鏡辭必然是高興的。

她還等著同他堂堂正正比上一把。對於這位心高氣傲的世家小姐而言,陰謀詭計皆是下作手段,想要贏過對手,唯一途經只有將其澈底打趴。

「你努力忍一忍,等不疼了,就能和往日一樣修煉。」她只是個年紀不大的小姑娘,難免生出幾分邀功和小炫耀,笑著問他:「有沒有覺得有一點點開心?」

她一笑,裴渡也下意識抿了唇,暗自勾起嘴角。

謝小姐時常笑,來到鬼域之前,卻幾乎從未對他笑過。

他往日最消沉的時候,會用餘光悄悄瞟她,當謝鏡辭和好友們閒談嬉笑,裴渡哪怕只是遠遠聽見她的聲音,心情也會變得很好。

那是他偷來的歡愉。

如今離得近了,看著她眉眼彎彎,裴渡恍惚一瞬,才後知後覺意識到,這是謝小姐贈予他的笑。

「你是不是偷偷笑了?」謝鏡辭自以為抓到他把柄,語氣得意:「那我就默認你覺得開心囉。」

裴渡這人，看上去清雋儒雅好說話，其實又倔又狠，很少把情緒放在臉上。

結果還是會因為修脈成功而偷笑嘛，幼稚。

裴渡：「……嗯，開心。」

他稍作停頓，緩聲道：「多謝謝小姐。」

謝鏡辭不要臉皮，揚起下巴：「這是你應該謝的。」

裴渡嘴角又揚了下：「謝小姐可有查到什麼線索？」

「有用的不多，只知道明日江屠會來，鬼門也即將打開。到那時，外界的修士應該會大批前來。」

包括裴家。

裴府對他大肆通緝，如果雙方在鬼域相遇，或許會很難收場。

裴渡明白她的話外之音，還沒做出反應，忽然聽謝鏡辭道：「修脈是不是特別疼？」

他茫然抬眼，正對上後者坦然的目光。謝鏡辭似乎還想說什麼，動作卻毫無預兆地停住。

謝鏡辭覺得這一瞬間的怔愣極其白癡，可她對此毫無辦法。

她知道之前那個話題會讓裴渡覺得尷尬，恰好看見他下唇在修脈時被咬破，往外滲血，於是不甚熟練地轉移臺詞。

沒想到下一句還沒出口，就在腦袋裡見到系統給出的。

謝鏡辭很氣憤：「我不服氣，憑什麼每次對象都是他？」

『臺詞根據情境發放。』系統老實回答:『這種情節恰好發生在他身上,我也很無奈啊。試想一下,總不能讓妳隨機逮住一個路人,對他說「夠乾淨,足夠給我生孩子」或「哥哥我冷」吧?』

……與其在裴渡面前出醜,她寧願隨機逮一個路人,真的。

窗外有陣寒風吹過,裴渡察覺到床前的姑娘微微一動。

謝小姐忽地抬起手,拇指圓圓潤潤的一截瑩白,在空中慢慢靠近他。

不留躲避的機會,謝鏡辭用拇指掃過他下唇。

裴渡腦子裡轟地炸開。

她動作很輕,從嘴角一直來到唇珠,旋即柔柔一按。

絲絲縷縷的痛,裹挾了淺淺的麻。

「這裡流血了,是修脈時咬破的,對不對?」

指腹輕盈掠過,擦開一片滾落的血珠,如同正塗抹著殷紅的口脂,將少年慘白的薄唇染成紅色。

裴渡一顆心懸在胸口,不敢跳也不敢出聲,瑟縮著發抖。

他看見謝小姐滿目無辜,一本正經地問他:「這樣似乎擦不乾淨……我弄疼你了嗎?」

謝鏡辭:嘔啊。

這要是全盛時期的裴渡,鐵定毫不猶豫把她丟出房屋,也就只有這種時候,他的反應才會這麼——

謝鏡辭很不想承認，她腦袋裡浮起的第一個詞語，居然是可愛。

然後是有趣。

裴渡平日清冷慣了，這會兒受凍臉色通紅，由於從未受過此等撩撥，長睫顫個不停。更不用說他正病怏怏躺在床上，黑髮凌亂鋪開，眼神裡是毫不掩飾的慌亂倉皇，嘴唇則沁著勾人的紅。

這種慌張只持續了片刻。

裴渡很快回過神，卻並未倉促偏過頭去，躲開突如其來的觸碰，而是反射般伸手，按在她纖細的手背上。

這個動作始料未及，作為搶先撩撥的罪魁禍首，謝鏡辭反倒呼吸一滯。

他他他想幹嘛。

提著她的手指，一把將她從窗戶扔出去？

「……不礙事。」

手心裡的觸感溫熱柔軟，裴渡同樣對這個下意識的動作毫無防備。

他沒用太大力氣，克制住狼狽鬆手的衝動，沉默著移動拇指，輕輕一旋，壓在謝鏡辭指腹上，為她拭去血跡。

謝鏡辭不自在地別開臉。

這是在幹嘛，她寧願裴渡把她從窗戶丟出去。

指腹之間的摩擦有些癢，尤其兩人體溫一冷一熱。四周寂靜無聲，能聽見屋簷積雪落下的溂溂響音。

等血跡抹去，裴渡很快把手挪開，喉音低啞：「不勞煩謝小姐。」

他的嘴唇滲了血，還處處都是裂痕，謝鏡辭若是碰到，只會弄髒她手指。

這只是一點小傷。

裴渡習慣性地抿唇，用舌尖輕觸那道豁口，在嗅覺被血腥味包裹的剎那，忽然意識過來，這是方才被她碰過的地方。

這個念頭來得糊里糊塗，可裴渡總覺得，這個動作彷彿是在舔舐她指腹的餘溫。

謝小姐正垂著頭，目不轉睛地看著他。

這是種極為被動的姿勢，一切表情、相貌，乃至這個帶著些許曖昧的小動作，全都被她盡收眼底，躲藏不得。

裴渡快要無法忍受這樣的視線，頭腦陣陣發燙。

再這樣下去，她一定會發現他在臉紅。

床上的人向內側了身子，擋住臉，聲音是前所未有的沉：「……謝小姐，我今日身體不適，妳也早些休息吧。」

這是逐客令。

謝鏡辭自然不會厚著臉皮繼續留下，悶悶起身又悶悶出門，等關上房門，連詢問系統的語氣也是悶悶：「他這是……不高興了？」

系統：『嗯？』

「就是那個動作啊，」她停頓須臾，加強語氣，輕踢牆角，「至於這麼排斥嗎？」

他還抓了她的手。

謝鏡辭合理懷疑這是報復，因為她的確很沒出息地耳根發了熱。

歹毒！

系統吃吃地笑：『無法理解你們這種情緒波動呢。不過根據以往的大數據累積，合理推算之後，能得出答案是「愛而不得怒火中燒」哦。』

它說著微微一動，在謝鏡辭腦袋裡調出一段文字影像。

『《霸情奪愛：總裁的契約情人》節選：

「你不愛我？」

謝鏡辭眼底閃過三分怒意四分嫉妒，一張俊臉逐漸扭曲：「連碰一下都不願意？至於這麼排斥嗎？我到底哪裡不如那個女人！」

裴渡倔強地別開臉：「謝小姐，不愛就是不愛，請妳自重。」』

老套的惡霸反派與小白花主角的戲碼，臺詞能讓人心臟咯噔驟停，只不過名字被換成了她和裴渡。

謝鏡辭看得頭皮發麻。

謝鏡辭：「我警告你，不要再讓這種東西出現在我面前。」

她頓了頓，想起裴渡那句逐客令，很認真地皺眉：「我是不是惹他生氣了？不對……我的妖女人設難道真的這麼失敗，沒有一丁點值得讚嘆的令人心動？」

『我只覺得，妳臉皮真是值得讚嘆的厚。』

謝鏡辭：呵呵。

她逾矩在先，的確應該想想怎樣哄他。

但是哄人好難哦，頭疼。

與此同時，臥房之內，裴渡猛地翻身。

今日他修脈成功，修為雖然微不足道，但終有一日，能再度站在與謝小姐比肩的地方。

他為這個目標苦修數年，如今不過是再來一回。

他知道自己足夠強。

天生劍骨、少時結丹，論及劍術，學宮千百弟子無出其右，即便落魄至此，也身懷劍修傲骨。

裴渡原本裹在被子裡，但棉被厚重，空間逼仄悶熱，熱氣一股腦地湧上來，令他的身體愈發滾燙。

於是他只得從被褥中探出頭，呼吸久違的隆冬寒氣，試圖讓冷意淌遍全身。

方才和謝小姐咫尺之距的時候……他緊張到差點窒息。

結果她還用手指觸上來，對他輕輕地笑。

謝小姐的目光始終清明澄亮，不帶絲毫褻玩與曖昧，定是真心關照他。可他卻情不自禁想起風花雪月，實在是——

凌亂柔軟的黑髮四散在枕邊，觸碰到側臉與脖頸時，帶來微弱的癢。

這裡只剩下他一人，裴渡卻情不自禁地做賊心虛，把臉埋進枕頭，抿起薄唇。

很乾，皸裂了道道細痕，當舌尖落在上面，只有淡淡的鐵鏽味。

謝小姐應該不會喜歡這樣的觸感，可她並沒有立刻把手鬆開。

指尖輾轉時的溫度彷彿仍未離去，裴渡暗罵自己無藥可救，心跳卻逐漸鮮活，如同被一隻大手攥住，「砰砰」震動。

他還抓了她的手。

他頭一回碰到她的手，比想像中小得多，那時他腦袋裡盡是空白，而謝鏡辭並沒有躲開。

裴渡又翻了個身，嘴角止不住地上揚。

倘若謝小姐能對他多笑笑，那就好了。

她笑起來的時候，他也很開心。

如同從天而降的無數星星，倏地落進他眼底，簡直是……值得被讚嘆的令人心動，讓他前所未有的想要私藏。

裴渡一夜未眠，在床上嘗試進行靈氣吐納。

他的內傷尚未恢復，大多數經脈亦是破損不堪，當第一縷靈力緩緩淌入經絡，渾身血脈恍如緊密相連、密密麻麻的蛛網，牽引出席捲整具身體的劇痛。

對於疼痛，裴渡一向擁有很強的忍耐力。

到了後半夜，疼痛其實一直沒散，好在他漸漸習慣，能把強烈的不適感沉沉往下壓。

再一睜眼，已經是第二日清晨。

房外響起「咚咚」敲門聲。

他猜出來人的身分，溫聲應了句「嗯」，抬眼望去，果然見到一張明豔的臉。

謝鏡辭的心情有些複雜。

「複雜」的原因很多，其中最重要的一點，是今早冥想結束後，系統瘋了般的提示音。

好消息是，那個不停撩來撩去的魔教妖女人設終於被換掉了。

壞消息是一波未平一波又起，頂替這玩意兒上崗的，是通體散發著清新香氣的陳年綠茶。

謝鏡辭當時是瀕臨崩潰的。

魔教妖女雖然放浪了點，但好歹是個很有氣勢的大姐姐形象，能稱得上一個「媚」字，還算符合她本人的性格。

——但綠茶完全是另一種風格了好嗎！

俗話說得好，綠茶有三寶，撒嬌哭唧唧，都是我的錯，哥哥你真好。

這種行為模式已經足夠令人窒息，更絕的是，這個人設在胡亂撩人方面絲毫不比魔教妖女差，真可謂茶香四溢，被茶味衝到的人，連起來可繞地球兩圈。

雖然之前遇見裴家人，謝鏡辭為了維護裴渡的面子，當眾叫過他一聲「裴渡哥哥」，但他們都明白那只是逢場作戲，之後在相處中，也對那件事避而不提。

萬一什麼時候人設猛地一崩，她二人獨處時綠茶附體，嬌嬌柔柔叫他「哥哥」——謝鏡辭能當場從窗戶跳下去。

所以今早來找裴渡，她下了很大的決心。

從窗戶跳下去又怎麼樣，該哄的人還是得哄。

裴渡似乎剛睜眼，還是一副文文弱弱的模樣，她指一指窗外：「你想去看看嗎？」

「今日江屠會來蕪城，聽說遊街很快就開始。」

裴渡本欲回「想」，卻猝不及防瞥見謝鏡辭看著他，露出一抹轉瞬即逝、極力克制的笑。

笑意被察覺，她偏過腦袋輕咳一聲。

謝小姐對他，遠遠還沒到「一見就笑」的地步，裴渡很有自知之明，呆了好一陣，才後知後覺抬起手，摸上自己頭頂。

頭髮全炸了，像個被打劫過的雞窩。

他昨夜在床上翻來覆去許久，後來起身打坐，沒來得及整理儀容。

裴渡：「……」

他是傻子。他想死。他只希望謝小姐不要再看，也不要再笑他。

謝鏡辭抿唇藏起笑意，用餘光不動聲色地看他。

在學宮裡，如果她是刺頭的代名詞，裴小少爺就是矜持克制的化身，數年如一日地一絲不苟，每回見到他，都是一派霽月清風。

他一定明白了惹她發笑的原因，表現出罕見的窘迫與怔忪，還用手摸了把頭髮。

裴渡的髮絲沉鬱漆黑，柔柔伏在頭上，看上去手感十分不錯，如今軟綿綿張牙舞爪，映在那張沒什麼血色的臉上，如同覆在白玉旁的絲綢。

那塊白玉上還滲著淺淺的紅。

她又忍不住笑了。

好呆。

那個拿著劍打遍學宮無敵手的劍道之光，原來這麼呆嗎？

等裴渡故作鎮定地整理完畢，已臨近巡街起始。

街邊早已聚集了數量眾多的百姓，想要一睹元嬰期大能的風采。謝小姐今日似乎格外多話，領著他走出客棧時，嘴裡一直沒停下。

「我昨晚特地買了本《江屠傳》，讀下來覺得，這人還挺厲害的。」

街道兩旁全是人，謝鏡辭一直往前走，直至來到一處池塘旁，圍觀群眾終於少了些。

她望長街盡頭一眼，沒見到任何動靜，於是耐心地繼續道：「江屠出身低微，只是個貧民家的小兒子，好在天賦異稟又能吃苦，一步步從武館學徒往上爬，最終擊敗上一任城主，奪下蕪城在內的數座城鎮。」

鬼域以武為尊，管它什麼名譽地位，都得靠實力來搶。

這也是江屠能如此肆無忌憚的原因。

他本身實力超強，身居高位後的修煉資源多不勝數，修為層層邁進，已然淩駕於眾人之上。而自從付潮生刺殺落敗後，這位城主更是在身邊安排了三名元嬰初期的高手，作為貼身護衛。

百姓哪怕有再多怨言，都拿他沒有辦法。

「你們快看，那邊有動靜了！」

人群中不知是誰大叫出聲，謝鏡辭聞言望去，即便相距甚遠，也能感受到迎面而來的陣陣威壓。

坐在馬背上的黑衣男子身形挺拔、面目俊朗，眉飛入鬢之下，一雙鷹隼般銳利的琥珀色眼瞳。

身為蕪城當之無愧的掌權者，江屠周身自帶一股凜冽如刀的戾氣，屬於上位者的氣勢裹挾著厚重威壓，似潮似海，將空氣壓得密不透風。

這就是付潮生當年的對手。

十五年過去，他已經比當初更加強大。

謝鏡辭眸光沉沉。

她有種預感，自己很快會同這個男人打上一場——但以她目前的實力，絕對鬥不過他。

江屠目空一切，視線自始至終直直望著前方，經過人群時，沒投來一瞬視線。

即便如此，驟然縮緊的壓迫感卻還是讓不少人動彈不得。

「南邊的那處攬月閣，可算是有人住了。」待到江屠身影消失在長街盡頭，終於有人低聲開口：「先是讓咱們沒日沒夜地修，結果幾十年只住了兩回，造孽哦。」

旋即響起另一人的噓聲：「小點聲！不知道那位五感過人嗎？若是被他聽到，你可就沒命了！」

還真是個不折不扣的暴君啊。

謝鏡辭暗自感慨，又往車馬消失的地方一瞟，正欲離開，沒想到甫一側身，居然與背後那人撞上。

兩人不過輕輕擦了一下肩膀，不等她有所反應，便聽見什麼東西落入水中的響音，以及一聲音調高昂的怒喝：「疼死我了！妳不長眼睛嗎？把我剛買的——」

那人話音未落，就戛然而止。

裴渡上前一步擋在她身前，雖然靈力微弱，但常年積攢的劍氣同樣凌厲肅殺，在那人破口大罵的瞬間傾瀉而下，逼得他不敢繼續往下。

也正是這一陣間隙，謝鏡辭得以看清那人的模樣。

一個年紀輕輕的青年，看樣子衣著不菲，是個有錢少爺。

她聽力很好，聽見人群裡有人交頭接耳：「怎麼又是金梟這祖宗……江屠來了，他還敢作妖禍害人家姑娘？」

金梟。

溫妙柔說過，蕪城裡江屠最大的眼線，就是姓金的一家。

謝鏡辭不傻，從方才那句話的語氣裡，能聽出這是個風評極差的紈褲。

他們的碰撞極其輕微，遠遠算不上能讓人覺得疼的地步，而且她背對而立，不管怎麼看，都是金梟刻意撞上。

她好奇這人接下來的動作，輕輕按住裴渡肩膀，示意他不要插手。

凜冽劍氣徘徊一瞬，遲疑著浮在半空。

謝鏡辭：「你剛買的什麼？」

「妳把我剛買的翡翠玉撞進水裡了！池塘這麼大，要我怎麼找？」

謝鏡辭低頭一望。池塘裡只有綠油油的水，誰知道落進去的是翡翠還是石頭。

這位金家少爺修為很低，雖然能一掌把他腦袋拍飛，但畢竟家族勢力龐大，不宜發生正面衝突。

謝鏡辭看上去文弱安靜，立刻助長了他的氣焰：「五萬魔晶，妳賠得起嗎？」

金梟說著一頓，看看她身後的裴渡，又望自己身旁五大三粗的護衛一眼，梗著脖子道：「看妳長得不賴，賠不起的話，我不介意妳用別的方法——」

裴渡的劍氣暴漲。

「好啦，沉住氣。」她低聲笑笑，輕輕按住少年冰涼的手背，用靈力向他傳音入密：「和他打起來，我們一定會吃虧。你候在這裡，看我的。」

謝鏡辭說罷停頓片刻，抬眼與金梟四目相對，再開口時，竟變成了楚楚可憐的語氣：「真、真的？它掉去哪裡了？」

有路人看不下去，悄悄對她傳音：「姑娘，這是此人的老套路，他就是欺負妳生面孔，丟一塊石頭下去，讓妳百口莫辯吶！」

「還能掉去哪裡！」金梟看出這是個好捏的軟柿子，揚眉轉身，抬手指向池塘邊緣：「方才我手一鬆，它順勢往下滑，應該就在這——」

這已經是他第三次沒來得及把話說完了。

或是說，自從遇見謝鏡辭，他就一次都沒成功把話說完過。

就在他轉身抬腳的那一剎那，有股突如其來的力道不期而至，朝他腳踝暗暗一推。

變故來得毫無徵兆，金梟的音容笑貌，永遠凝滯在最後一刻。

然後是「噗通」一聲。

一名護衛慌忙出聲：「少爺落水啦！」

「公子！」謝鏡辭亦是倉皇無措，和所有被嚇得花容失色的可憐姑娘一樣，止不住瑟瑟發抖。

但很快，她眼底閃過一絲堅毅的光：「公子莫怕，我會鳧水！」

她行動力驚人，說幹就幹，一句話還沒說完，就向前一邁。

護衛們眼見她下去，紛紛停住上前救人的步伐。

冬日湖水冰寒透骨，謝鏡辭並未把整個身體沉進去，而是藉由靈力浮在水面，四下張望著一步步前行，一面行，一面滿目關切地喊：「公子，你在哪兒啊公子？」

當局者迷旁觀者清，她始終仰著腦袋看不見身下，周圍的百姓們卻見得一清二楚。

這位救人心切的姑娘在池塘邊緣徘徊，聲音因為急切，隱隱帶著哭腔。

可她絕不會想到，自己來回踏步，邁開的每一腳……都重重踩在金梟那顆不斷掙扎著浮起的腦袋上！

表情猙獰的人頭不斷起起伏伏，雙瞳裡盡是懷疑人生的茫然，隨著謝鏡辭的身法上下竄動，滿臉水漬，分不清是池水還是眼淚。

金梟終於被謝鏡辭救上來時，已經凍成了濕漉漉的人棍。

他怒不可遏，當場大罵：「妳這混帳！竟然敢踩我？我要讓我爹把妳關進大牢！」

謝鏡辭滿面恐懼，止不住地發抖：「我太想救你，看見那處水花很多，便、便走過去了……都是我的錯，公子，我對不起你！」

她看上去實在可憐，說話時捂嘴輕咳幾下，顯然是被寒風冰水冷得受了凍。

有人哀聲道：「姑娘莫要自責，這不是妳的錯。金梟設套害妳，妳卻下水救他，妳是好人。」

謝鏡辭抽泣一聲。

「可是，」有人同身邊的夥伴竊竊私語，「倘若不是這位姑娘，他早就被淹死了吧。」

「就是就是，得了便宜還賣乖，那姑娘好心救人卻落得這般下場，得有多寒心。」

「你們閉嘴！」金梟快瘋了：「老子會游泳！」

「對不起，是我不好，我沒想讓事情變成這樣的。如果能早一些知道，公子會游泳的話……」謝鏡辭以手掩面，字字泣血：「不是這位公子的錯，全怪我，全怪我！倘若我沒有救人心切，也不會……我真沒用，嗚嗚嗚嗚！」

她一副楚楚可憐的模樣，開口時象徵性地擦了擦眼角，情到深處，甚至一秒入戲，尾音自帶烏龍茶氣息的哭腔。

只可惜鬼域民風純樸，尚不知曉何為「人造綠茶包」，在場眾人乍一見到此情此景，心底憐愛之意狂湧而出，把氣氛推向最高潮。

更何況他們苦於金府作惡已久，就算猜出謝鏡辭使壞，也會選擇性無視。

「這位姑娘也是好心，至於這麼斤斤計較嗎？」

「青天白日，恩將仇報，我可算是開眼了。」

「金府嘛，大家懂的都懂，我也不多說。」

金梟出身富貴，習慣了趾高氣昂、揚著下巴用鼻孔看世界的人上人生活，從小到大，向來只有他氣別人的份，萬萬沒想到會在今日，被這群刁民氣到七竅升煙。

烏合之眾！

金府雖然風評一塌糊塗，但畢竟是好面子的城中大戶。類似欺男霸女的壞事，就算想做，也得暗暗地來。

如今被這麼一鬧，池塘旁邊已經被圍了個水泄不通，四處都是上下竄動的人頭，他要是糾纏不休、遷怒眼前這個楚楚可憐的女人，金府的名聲就澈底完了。

更何況鬼門開啟在即，江屠又親自坐鎮蕪城，他若是惹出禍端，恐怕不好處理。

仇人的臉近在咫尺，金梟在腦子裡將她痛毆了九九八十一遍，抬眼一瞧，卻是打也不能罵也不能。

金少爺憤怒跳腳：「刁民！你們這群刁民！」

謝鏡辭：「公子，你罵我吧。雖然我救了你的命，但我明白，這遠遠不能抵消我那一瞬間的不小心……」

金梟：我〇！！！

綠茶真好，聞起來香，親自喝起來更香。

謝鏡辭一邊假惺惺抹眼淚，一邊委屈地向周圍人道謝，「你們真好、我沒關係」張口就來，不久之前還把金梟腦袋當成足球踢，這會兒已然毫不費力成了惹人同情的小可憐。

縱使這群人再心懷不軌，她在十個小世界裡當了十次反派，十種截然不同的反派模式信手拈來，要論噁心人，誰能玩得過她。

正道之光多沒意思，要論真正有趣的事，還得用反派打敗反派。

她最喜歡看別人被氣個半死又幹不掉她的模樣。

就很舒服，身心都爽到爆。

罵罵咧咧的金梟被護衛們抬回府中，謝鏡辭被周圍的叔叔阿姨大哥大姐安慰一番，與裴渡一起離開池塘。

「怎麼樣？」她笑得停不下來：「是不是比打他一頓有意思多了？」

裴渡的聲音有點悶：「我還是想打他一頓。」

他頓了頓，終是露了笑：「謝小姐很厲害。」

「那當然。」謝鏡辭踢飛路邊一顆石子，聲音輕快：「世上能讓人開心的事情可多啦，不要總想著你的劍，知不知道？」

她說著突然停下來，再把手伸到裴渡面前時，握著長長的木籤。

「這是我買《江屠傳》，書鋪附贈的小禮物——送給你。」謝鏡辭不由分說塞給他，有些僵硬地別開腦袋，語氣故作輕鬆：「以前在學宮，我從你那兒得到一根，還記得嗎？」

不少書冊都會附贈木籤，木籤上是隨機寫下的祝福語。

當初他們年紀尚小，學宮裡風靡過一個幼稚的遊戲：把幾根木籤排成一排，如同抽籤一樣，讓朋友們抽取好運。

年末考核，謝鏡辭在長廊裡偶然遇見裴渡，那時他手裡握著五根木籤，看到她後微微一愣，突然開口：「謝小姐，我剩下這些沒送出去，妳想來試試嗎？」

她隨手抽了一根，道謝之後，兩人便禮貌道別，擦肩而過。

謝鏡辭記得很清楚，那上面寫著：『讓我留在你身邊。』

聽說這句話出現的頻率最低，很難找到，然而無論再怎麼珍貴稀少，都不過是隨機抽中的小曖昧，她自然一笑而過。

裴渡淺淺吸了口寒氣，低頭望向手中木籤。

木籤上統一寫下的毛筆字美則美矣，卻少了幾分靈動的韻意，當他目光落下，卻沒有見到想像中工整漂亮的正字。

在謝鏡辭送給他的木籤上，用龍飛鳳舞的遒勁小字一筆一劃寫著裴渡從未見過的語句。

『祝你前程似錦，今宵好夢。』

再往下，是另一行更小的、同樣飄逸靈動的字跡。

『不要不高興啦=>▽<=』

裴渡抿唇，幅度很小地抬眼看她。

謝鏡辭還是把臉偏到另一邊，察覺到他的視線，乾巴巴開口：「今天好冷啊。」

隆冬瑟瑟，清瘦高挑的少年無聲地垂下頭。

一道冷風襲來，撩起幾縷烏黑碎髮，紛然而落的雪花融化在通紅耳尖，暈開清淺漂亮的薄薄粉色。

裴渡低聲告訴她：「我沒有不高興。」

謝鏡辭冷哼：「諒你也不敢變成小白眼狼。」

他輕輕笑了笑。

謝小姐居然還記得那日的木籤，裴渡原以為她會很快忘掉。

那是他從未說出口的祕密。

他與謝小姐不在同一處學宮，只有年末考核才會相遇。

裴渡習慣了每日每夜苦修劍法，卻在考核前幾日翹課離開，走遍好幾家書鋪，用積攢的靈石買下不少沒用的閒書。

木籤上的祝福語隨機出現，他一根一根認真查看，費了不少氣力，終於湊齊。

緊接著，就是前往謝小姐必經的長廊，佯裝若無其事地等她。

不是巧合，也絕非陰差陽錯，那五份木籤，每一根上都寫著：『讓我留在你身邊』。

第五章　當年蕪城

謝鏡辭本打算和裴渡在蕪城裡漫無目的閒逛一陣子，沒過多久，居然碰巧遇上莫霄陽和付南星。

「謝姑娘、裴公子！」莫霄陽一開口便停不下來，喜出望外地湊上前：「好巧，難道這就是傳說中的『有緣千里來相會』！你們也是特地來看江屠巡街的嗎？聽說鬼門明天就開了，二位打算在蕪城待多久？」

「鬼門明日開啟？」謝鏡辭心下一喜：「當真？」

付南星對謝鏡辭的第一印象很糟糕，經過上回在幻境裡的相處，自他親眼目睹這姑娘不要命的瘋樣，態度總算緩和許多。

但出於習慣，他還是懶洋洋嗆了一句：「妳有什麼值得我們騙的？」

謝鏡辭還沒開口，就聽莫霄陽一本正經地接話：「她錢多！那叫什麼靈石的東西，謝姑娘有好大一堆，倘若騙了她，我們就能瓜分這筆錢財，可賺啦。」

他說著撓撓頭：「但我們好像去不了外界哦。」

好友當場拆臺，付南星要被他氣死。

與這位氣到跳腳的兄弟相反，謝鏡辭心情很不錯。

對於她而言，鬼門自然是越早開啟越好，畢竟打從一開始，她想做的就只有儘快把裴渡打包帶回家慢慢治療。要不是剛好撞上兩界裂縫，謝大小姐已經躺在床上舒舒服服吃糕點了。

一想起家中的各色點心，再看看自己如今身無分文的模樣，謝鏡辭忍不住在心裡嘆了口氣。

「我們也是來圍觀江屠的。」莫霄陽又道：「聽說十五年前，我師父的實力勉強能與他一戰，只可惜當初師父舊傷未癒、臥床多年，沒能跟他鬥上一場。這麼多年過去，以他如今的模樣，應該能打遍蕪城無敵手了。」

那人的確很強。

他騎著馬過長街時，應該有意釋放威壓與靈力，謝鏡辭能感受到那股力量之大，溢滿戾氣與殺伐，霸道至極。

她心生好奇，接話問道：「周慎師父與他相比，如今莫非差上許多？」

「應該打不贏吧？」莫霄陽撓頭：「聽說他是個修煉狂，成天用靈丹妙藥把自己泡著，日子比人間的皇帝還奢侈瀟灑。至於我師父……謝姑娘應該也看出來了，我跟他這麼些年，好像還真沒見他認真練過。」

他頓了頓，又認真補充：「不過師父天賦過人，倘若好好修煉，必然不會落於下風。他只是太——太隨性罷了。」

自從付潮生失蹤，周慎便一蹶不振，把全身精力投入到武館經營，成了個愛鑽錢眼的商人。

這樣的言論，謝鏡辭曾在街邊無意間聽過。

「話說回來，」付南星瞇著眼將她掃視一通，「聽說有人在江屠巡街的時候，把金梟的腦袋摁在池塘踩來踩去，那人不會就是妳吧？」

莫霄陽又用小狗狗一樣灼灼有神的目光看著她，眼見謝鏡辭點頭，瞬間兩眼發亮，轉頭對付南星道：「你看，我就說一定是她吧！」

他說話像在放鞭炮，末了兀地轉頭，很興奮地繼續說：「謝姑娘好樣的！金梟那小子和他爹一樣，明明修為低微，仗著家裡有錢有勢，胡作非為了不知道多少年。我每次想把他暴打一頓，都被師父攔下。不愧是妳，太解氣了！」

以金家在蕪城裡的勢力，倘若這小子當真揍了他家的寶貝公子，就算有周慎保，莫霄陽也鐵定會吃不了兜著走。

他雖然懷著一顆善心，只可惜年紀輕輕，過於莽撞。

「金家盡是狗仗人勢。」付南星也看不慣這家做派，聞言冷哼：「我這次回蕪城，頭一個目標就定在他們家。好傢伙，也不知道搜刮了多少民脂民膏，滿屋子全是金銀珠寶——後來被抓了，打得也是真疼，心狠手辣啊。」

「兩位應該能看出來，鬼域中仗勢欺人、霸凌弱小的情況並不少。」莫霄陽擔心他們聽不懂，特地解釋：「小星星自幼離開蕪城，在外獨自打拚多年，是遠近馳名劫富濟貧的俠盜。近日鬼門將開，他才特地回到家鄉。」

以這位朋友的作風來看，似乎無論如何都與「俠」這個字沾不上邊啊。

謝鏡辭神色古怪地盯著他瞧，恍然大悟：「所以那天晚上，你是剛偷完金府回來？難怪裝了滿滿一麻袋的魔晶和寶貝。」

付南星炸毛：「看、看什麼看！我辦事一向特別可靠好不好！要不是那晚撞上妳，也不會那麼倒楣！」

謝鏡辭睜大眼睛：「明明是你在雪地裡穿夜行衣，麻袋還破了！」

「換衣服不要錢啊！還有那袋子，我之前明明拿針線縫補過！」

饒是謝鏡辭也被猛地一噎，望向他的目光逐漸變成同情。

買不起新衣服，連麻袋破洞都要自己縫，這日子……

俗話說得好，魚和熊掌不可兼得，但窮和摳門可以。

好好一個賊被當成這樣，沒救了，這人絕對絕對沒救了。

這不是俠盜而是摳界掌門人，簡稱摳門啊。

「妳這什麼眼神！」付南星被她盯得耳根一熱，又開始跳腳：「我窮是有道理的。看見金家那討人厭的小兒子沒？我這是為了不讓小孩繼承百萬家產，承受與小小年紀不相符的詬病和另眼相看。憑自己打出的地位才叫真地位，做人不能靠爹娘，懂不懂？」

好一通歪理邪說，謝鏡辭差點鼓掌。

「……我有個問題。」等這段你來我往的鬥嘴平息，經過一陣短暫的靜默，毫無徵兆地，謝鏡辭耳邊響起清冷的聲音。

居然是裴渡。

他身體孱弱，嗓音並不高昂嘹亮，然而一開口，便如山間清風倏然而至，將所有雜音往下壓。

裴渡道：「莫公子有言，『金梟同他父親一樣修為微弱』，既然鬼域以實力為尊，金家為何會在蕪城中屹立不倒？」

「金家是從另外一座城搬來的。」莫霄陽耐心解釋：「聽說金家家主金武真與江屠是故交，因為付──因為城中混亂，必須有人前來鎮壓，江屠也算是急病亂投醫，哪怕金武真不可靠，還是直接找上了他。」

他差點脫口而出「付潮生」的名字，好在反應及時，很快把話咽了回去，小心翼翼用餘光瞟向身側的付南星。

這位舊友向來大大咧咧不拘小節，唯有對一件事十分忌憚──他那位失蹤的父親，付潮生。

付潮生離開鬼域的時候，付南星不過三歲左右。後來前者杳無音信，他便由周慎接手撫養，在武館與學徒們同吃同住。

而他之所以厭惡付潮生，並非毫無緣由。

那人不但拋下唯一的孩子，像懦夫似的兀自逃跑，讓付南星成了無處可去的孤兒，更何況，正是因為他這個被釘在恥辱柱上的父親，付南星小小年紀，就不得不承受山海般洶湧的惡意。

他被稱作是「叛徒的兒子」，無論大人還是小孩，願意給予他的，都只有厭惡到極點的白眼與排斥。

莫霄陽覺得很不公平。

就算付潮生當真做了什麼傷天害理的壞事，有罪的也只有他，作為年紀尚小的孩子，付南星不應該背負任何罪責。

於是他成了付南星最好的朋友，也是唯一的朋友。

他年紀比付南星小很多，後者對他總是百般嫌棄，卻也會把珍藏許久的寶貝塞進莫霄陽手心，彆彆扭扭說上一句：「不重要的小玩意，隨手送給你好了。」

再後來，人們的惡意並未隨著時間流逝而淡化，蔑視與責備反而成了一種習慣。付南星雖然用了「外出歷練」作為藉口，但莫霄陽明白，他是不想繼續待在這座城中。

「說起金府，我在鬼域各地遊歷的時候，去過他們曾經定居的古城。」付南星眼珠子一轉：「怎麼說呢，我問了不少人，都說那裡從沒有什麼金家——至少在有點名氣的大家族裡，並未出現這個姓氏。」

「看金家那暴發戶的樣子，說不定還真是窮人發家呢。」莫霄陽略微揚眉：「你別忘了，江屠也是從最底層一步步往上爬的，說不準金武真曾幫扶過他，如今功成名就，特來報恩——按照那老頭的年紀來看，也不是不可能。」

謝鏡辭只見過金家張揚跋扈的小少爺，從不知曉金武真本人模樣，聞聲抬了眼：「老頭？」

修真界裡人人駐顏有術，老頭還真不多見。

「就，修為很低，沒辦法駐顏。金武真來到蕪城的時候，看上去至少有六七十歲歲，如今大魚大肉天靈地寶供著，總算有了點修為，但還是和往常一樣的小老頭樣。」

莫霄陽不是擅長掩飾情緒的人，加之很不喜歡金家的作威作福，提起金武真，很實誠地把臉皺成了苦瓜：「瘦瘦小小的，彎著腰，滿臉皺紋鬍子，面相賊不好，一眼就能看出是個壞人。」

這麼大的年紀，還用「好人」和「壞人」這種形容詞的，也算是種珍稀動物了。

謝鏡辭想到什麼，眸光一動，瞥見一旁的付南星，很快把即將出口的話吞回肚子裡。

「不說金家了，聽得人頭疼。」莫霄陽嘴角一勾：「今日師父設了宴席，特地讓我問問二位可否賞臉，去武館坐一坐。」

周慎在武館裡設了宴，付南星不出意料地直白拒絕，留下謝鏡辭、裴渡與莫霄陽一同前往武館。

自從付潮生失蹤，在蕪城所有住民裡，周慎便成了頂尖戰力。鬼域以武為尊，不少人將他看作可靠的首領，紛紛前來赴宴。

武館寬敞廣闊，參加宴席的百姓雖多，卻並不過於擁擠，莫霄陽本應該坐在同門師兄弟的那一桌，擔心謝鏡辭二人舉目無親、人生地不熟，特地坐在裴渡身邊。

「我有一個想法。」付南星不在身邊，謝鏡辭終於能說出心底的猜測：「既然金府來歷不明，我們能不能假設，『金武真曾與江屠交好』這件事，是個謊話？」

她說話時用了傳音，莫霄陽聽罷一怔，很快回應：「妳是不是覺得，金武真很可能就是當年出賣付潮生和所有義士的叛徒？」

謝鏡辭點頭。

「我也有過這個想法，但不得不說，它真的很難證實。」他少有地斂了笑，輕扣桌面：「金武真是個又矮又胖的老頭，蕪城裡與他體型相似的人幾乎沒有，僅憑這一點，就能把設想全盤推翻。」

謝鏡辭苦惱地撓頭。

「唉。」莫霄陽嘆了口氣，像是沒什麼力氣，頹然地靠在椅背上：「江屠那麼厲害，在我有生之年，還能見到有人打敗他嗎？哇，修士的命這麼長，他不會還要統治千年萬年，直到飛升的那一天吧？恐怖故事啊！」

他說罷喝了口水，換成傳音入密，對二人悄悄道：「不瞞你們說，我曾經的願望，就是有朝一日能打敗他。可是仔細一想，不對啊，我在修煉進步，他也在一路飛漲，速度還比我快得多，想把江屠揍趴，這不是葉公好龍嗎？」

裴渡遲疑片刻：「那叫癡人說夢。」

「別灰心啊，我看《江屠傳》，他不也是從小人物一步一步往上爬，最終打敗上一任城主的？」謝鏡辭認真安慰：「論天賦，你不比他差。」

莫霄陽一愣。

本來還是有些沉重的氣氛，提到這本《江屠傳》，他卻情不自禁地噗嗤笑出聲：「妳也看了《江屠傳》？是不是挺印象深刻的？」

謝鏡辭看他眼底壞笑，當即明白這句「印象深刻」的意思。

她買下這本書的時候，書店老闆聽說小姑娘來自外界，特地囑託：待會兒翻開書頁，一定要保持良好心態，千萬千萬千萬不要太過驚詫。

謝鏡辭當然沒聽懂，被這三個連續的「千萬」砸到頭暈，懵懵應了聲：「什麼？」

老闆摸摸後腦勺，低聲告訴她：「這個吧，咱們蕪城不是曾經發生過那檔子事兒嗎？江城主發了話，說話本裡不能出現太過血腥暴力的內容，以免讓孩子們走上歧途，做出人神共憤的惡事。」

謝鏡辭茫然點頭：「所以呢？」

「所以這裡面，凡是和『殺』、『血』、『死』、『親』、『床上』有關的字眼，全都變成了口口。」老闆面色為難：「妳從外邊來，可能有點沒辦法適應……總之，儘量不要在人多的地方看。」

謝鏡辭本來覺得，這是件不值一提的小事，文字變成口口這種情況，在她曾去過的一個小世界裡，某個文學網站也出現過這樣的操作。

直到她打開書，才終於明白，為什麼老闆不讓她在人多的地方看完這本《江屠傳》。

開篇第一句話：這是關於一個梟雄逐漸成長，大口四方的故事。

謝鏡辭很沒道德地當場笑出聲。

再往下看，某炮灰倉皇逃竄，拚命大喊的是：「救命啊！江屠，你不要口我！」

謝鏡辭覺得，被和諧的那個字應該是「殺」。

江屠拿走富人錢包，在街頭拚命狂奔，旁白說的是：「這個小小年紀的少年，迫於生計壓力，只能淪落到口遍富家子弟為生。」

真是好無奈，好迫於生計壓力，讓人心疼得兩眼發酸。

謝鏡辭覺得，被和諧的那個字應該是「偷」。

江屠與妃子第一次相見，輕輕撫摸佳人嘴唇，眼中暴戾憐惜疼愛霸道跟LED燈一樣亂閃時，妃子嘴裡說的是：「別說話，口我。」

……這次應該是「吻」。

「怎麼樣，妳看完那本書，有沒有覺得——」

莫霄陽樂不可支，撐著桌面問她。

兩人眼神交匯，異口同聲：「江屠真是深淵巨口啊。」

這叫什麼，天理昭昭，善惡有報。

這人非要作死弄些么蛾子，沒想到一本《江屠傳》橫空出世，報應來到他自己身上。一朝之內，江屠自食惡果，澈底淪為蕪城笑柄，獲贈稱號「深淵巨口王」。

偏偏這人遠在更加繁華昌盛的另一座城邦，因為這本書裡的各種誇讚高興到旋轉飛天，對區區蕪城裡的小事一概不知，拚命地加大發售量。

就很舒服，讓人忍不住發笑。

「你們在討論《江屠傳》啊？」溫妙柔不知什麼時候來到武館，也不多做客套，順勢坐在謝鏡辭身旁：「江屠可是差點把它列為傳世之寶，也不知道見到蕪城的版本，會是什麼反應。」

莫霄陽還是有點怕她，被這女人的突然出現嚇了一跳，猛地挺直身子。

師父跟他說過，見到年紀比他大的女人，不管兩人之間相差多少歲，都一定不能叫「大嬸」或「奶奶」，倘若蹦出一聲「老祖宗」，那更是會被殺頭的罪過。

他是個聰明的孩子，一直將師父的話好好記在心裡，這會兒嘴皮子飛快一溜：「好久不見啊，溫大姐！」

溫妙柔的眼神犀利得能殺人。

眾所周知，在人人皆駐顏有術的修真界，一聲「大姐」，無異於「大媽」或「奶奶」的雅稱。莫霄陽不知道自己哪裡說錯了話，他只覺得氣氛不太對勁，讓他有點想哭。

謝鏡辭也沒說話，緩緩抬了眼，淡淡一瞥裴渡。

這稱呼她還真有點熟悉。

在年紀尚小的時候，她和裴渡曾在同一所學宮，後來刀法劍術分了家，加之她家遠在雲京，謝鏡辭便換了一處地方練刀。

也因此，即便後來成為未婚夫妻，她和裴渡都沒有太多交流。

當年他們兩人還只是瘦瘦小小的豆芽菜，謝鏡辭在年末大比中與他撞上，雖然最後贏了下來，但總歸對這小子存了點欣賞，聽說裴渡過得不怎麼好，為了給他掙足面子，特地趾高氣昂前去劍堂，問他願不願意當她小弟。

裴渡那時就是隻呆頭鵝，愣愣地看了她好一會兒，才當著劍堂所有學徒的面，用不太確定的語氣緩聲叫她：「謝大……」

他那時緊張得渾身僵硬，聽見「小弟」兩個字，一時心急，竟按照江湖路數，叫了她一聲「大哥」。

靜默片刻，緊隨其後的便是哄堂大笑。

謝鏡辭年紀輕輕，又是個面容姣好的姑娘，頭一回被人叫做「大哥」，氣得當場跳起三尺之高，聽朋友描述，「像一隻發了瘋的大母獅，在油鍋裡掙扎蹉跎的炸湯圓」。

她那時覺得裴渡有心捉弄，實則是惡意拒絕，再也沒特地去找過他。可是如今一想，或許裴小少爺是當真沒意識到不對勁。

……那裴渡豈不是從好幾年前起，就成了她名正言順的小弟？

謝鏡辭輕輕一咳，往他碗裡夾了個水晶肉丸，引得裴渡匆匆抬頭，茫然地眨了兩下眼睛。

周館主今日的興致格外好，卻拒絕了所有品酒邀約。據他所說，今夜江城主設下宴席，邀請他聚上一聚。

四下自然響起滿堂祝賀。

謝鏡辭在一片嘈雜裡悄悄傳音：「溫姐姐，既然埋骨地被結界隔開，搜魂術啟動的時候，會將它也算在鬼域裡嗎？」

「妳覺得付潮生在埋骨地？」溫妙柔斜來視線，搖頭輕笑：「埋骨地不算在鬼域之內，但他應該不在其中。江屠並沒有出入埋骨地的記錄，而且我在這些年間，三番兩次前去探尋，從未發現他的身影——在埋骨地裡使用搜魂術也是一樣，沒有任何效果。」

又一個假想宣告破滅，謝鏡辭有些頹喪。

總結來說，付潮生既不在鬼域，也不在修真界，更不在結界外九死一生的埋骨地。

江屠如果不想讓事情敗露，不但要讓付潮生永生無法逃離，也決不能讓其他人發現他的蹤跡，那樣的地方——

等等。

腦海中陡然靈光一現，她正要繼續詢問，突然聽見一道帶著醉意的男聲：「十五年，距離我爹和兄長過世，已經足足有了十五年——付潮生那叛徒，如今定然還在外界逍遙自在，哈哈，可笑！」

溫妙柔周身殺氣一凝，聲調雖低，卻自有沉如山巒的威懾力：「你說誰是叛徒？」

方才還充斥著諸多笑聲的大堂，瞬間靜默無聲。

謝鏡辭倏然抬眼，她與溫妙柔所在的這桌果然成了集體注視的焦點。

只可惜這個「焦點」好像不太妙，大多數人的視線裡都帶著幾分類似於看待癡傻病人的同情，少數幾個，還毫不掩飾眼底的厭煩。

溫妙柔在這群人裡的風評，似乎不是很好。

「哈，妳還心心念念想要幫他？」那人哈哈大笑：「溫妙柔，妳尋遍蕪城埋骨地，這些年來可曾有一絲一毫的收穫？他分明就是離開鬼域，去外界享福，只可憐我們死去家人的仇，永遠不能報了！」

溫妙柔拍案而起：「一派胡言！叛徒明明——」

「妙柔。」

她話音未落，跟前便出現一道高大的影子。

據《鬼域生死門》描述，付潮生與周慎的體格相差很大，後者是傳統的瘦高劍客形象，用刀的付潮生則瘦弱矮小，為此被笑話過不少回。

此時周慎往她身前一站，立即覆下一片濃郁漆黑的影子。

他神情淡淡，並未表明立場：「妳醉了，回家歇息吧。」

溫妙柔氣急：「我沒喝酒！」

周慎一言不發地望著她。

「你看，還是咱們周館主好，可見面由心生，付潮生那矮子，看長相就是鬼鬼祟——」

那人沒說完的話盡數卡在喉嚨。

他被潑了滿臉酒。

然而潑酒的人並非溫妙柔，而是另一個未曾謀面的年輕姑娘。

「大叔，你喝醉了，還是趕緊回去歇息吧。」

謝鏡辭將周慎的話原樣照搬，慢悠悠把酒杯放回原位，還想繼續說話，卻被溫妙柔拉了拉袖口。

她眼底雖仍有怒氣，但顯然比之前消弭許多，勉強穩住心思，傳音道：「沒必要和他們起衝突，這裡待不下去，我們先走吧。」

醉酒的男人懵了一瞬，破口大罵。周慎上前攔下他，溫妙柔則與前者交換一個眼神，眸光一暗，領著身旁的小姑娘大步離開。

場面一團糟。

溫妙柔走在前面，謝鏡辭看不清她的神色，只能匆忙捏起裴渡的袖口。等三人連著出了武館，才發現已時至傍晚。

「抱歉，是我沒能控制情緒，讓妳見笑了。」溫妙柔深深吸氣，鬆開手裡的衣袖：「那人說的話……妳要習慣，莫要處處與他們起衝突。」

在蕪城裡，對付潮生懷有惡意的人不在少數，更難聽的話，她並非沒有遇過。

溫妙柔嘗試過大打出手，也有過極力爭辯，但所有人都覺得，她是被付潮生迷住心竅昏了頭，竭力做出的一切，反而讓她成了可憐的笑話。

「我方才突然想起，家中還有些事沒做完，不如妳與裴公子先回客棧，等明日——」她說著一頓，勉強露出笑臉：「等明日，我再好好款待二位。」

謝鏡辭覺得她的神色不太對勁。

彷彿過了今夜，他們就很難再見到一樣。

「其實——」

潛意識告訴她，今夜會發生一件大事，留給所有人的時間所剩無幾。

因此謝鏡辭言簡意賅，省略其他繁雜的步驟，直接開門見山，用了不大確定、有些猶豫的語氣：「我猜到一個付潮生可能的去處，雖然機率不大……妳想不想聽？」

溫妙柔對付潮生最是上心，謝鏡辭本以為她會毫不猶豫地答應。

但不知為何，對方似是有些急躁，望了天邊隱隱而出的月亮一眼，竟然搖了頭：「我今日尚有要事，既然沒有太多機率，不如謝姑娘先行去查探一番。」

她聽過太多類似的話，曾無數次前往埋骨地，在一次次的九死一生中，逐漸喪失了耐心。面對區區一個來自外界、對當年的事情一知半解的小姑娘，溫妙柔並不信她。

老實說，謝鏡辭本人也沒有太大把握。

但她還是開了口，試圖爭取對方的信任：「金武真，他就是當年出賣所有人的叛徒，也是曾被付潮生捨命相救的男孩子，對不對？」

溫妙柔身形一頓，停下正欲離去的步伐。

察覺到對方這一瞬間的怔忪，謝鏡辭在心底暗暗鬆了口氣。

她猜中了。

當時看《江屠傳》，她曾把自己放在江屠的角度，認真思索一切事情的源頭與經過。

最後得出的結論是，以他自負狂妄、不信旁人的性子，被特地安插在蕪城統管一切的眼線，最有可能的身分，就是曾出賣過所有人的叛徒。

那叛徒劣跡斑斑，為蕪城眾人所厭棄，這將成為他被江屠握在手裡最大、也是最致命的把柄，能夠確保不會背叛。

與此同時，為了不讓身分敗露，他還必須時刻小心，掩埋好關於十五年前的那場真相——

沒有任何人能比他更加忠心，更加兢兢業業。

而讓罪該萬死的叛變者一躍成為全城領袖，也恰好能滿足那位暴戾魔修的惡趣味，實現對蕪城的報復。

這是無聲卻弘大的恥笑與羞辱，江屠樂在其中。

確定了這一點後，就能順著所有線索抽絲剝繭，一點點往下。

莫霄陽曾坦言，金武真是個佝僂著背、矮小肥胖的老頭。

而那日與溫妙柔相見，她曾不明緣由地停頓半晌，說起一個被付潮生救下性命的男孩。

溫妙柔身居高位，從她在宴席上斬釘截鐵認定叛徒另有其人，就能推測已經查清了那人身分。

而她縱使表面看來大大咧咧，實則心機暗藏，有自己的思忖。

謝鏡辭聲稱自己來自外界，卻沒有任何證據足以證明，如今又恰逢江屠來到蕪城，全城加緊戒備，若說他在這個時機又派來一名臥底，也並非全無可能。

所以溫妙柔不可能把調查出的一切全盤托出。

但與此同時，她也留了個似是而非、曖昧不清的小勾，或是一個提示——那個被「不經意」提及的男孩。

他出現的時機過於古怪，像是一把被刻意丟出的鑰匙。

既然是男孩，身形定然不如成年人那樣高大。

當年燕城的所有百姓都被憤怒與仇恨支配，哪裡會想到，那個矮小的老翁，不過是個貼上鬍鬚的十多歲小童。

之所以佝僂脊背，則是為了掩飾逐漸拔高的身量，江屠必然給他傳輸過修為，不出數月，便讓「金武真」的身長永遠停留在屬於男孩的，也是老翁的模樣。

荒唐荒謬，可它的的確確發生了。

「不在埋骨地，不在鬼域，也不在修真界，天底下這樣的地方，只有一處。」謝鏡辭暗自攥緊衣袖，深吸一口氣：「燕城的城牆裡……設有阻絕靈力的結界，對吧？」

溫妙柔定定與她四目相對。

沒有更多言語，夜色靜謐裡，女人忽地揚唇一笑：「對。」

溫妙柔居然沒絲毫驚訝。

她眼眸深深，暗色翻湧，似是卸下了某種重擔，語氣極輕：「所以我一直在等今天。」

謝鏡辭怔在原地，聽見心跳猛擊胸口的聲音。

「我查了十五年，找遍所有可能的角落，始終無跡可尋。若說遺漏了哪裡，只剩下那個地方。」溫妙柔道：「城牆設了結界，平日堅不可摧，唯有鬼門開啟前後……會出現靈力波動，有機會探出貓膩。」

那個想法天馬行空，然而摒棄一切不可能的因素，剩下的唯有它。

她不願相信，卻也不得不相信。

所以當時謝鏡辭說猜出付潮生去向，溫妙柔會下意識拒絕。

因為在她心底，已經隱隱有了答案。

一個無比殘酷的答案。

「鬼門將開，結界應該亂了。」溫妙柔勾唇笑笑：「你們想去看看嗎？」

與蕪城中央不同，貧民們所在的長街燈火黯淡，即便有幾抹蠟燭的影子，也模糊得如同鬼影。

跟在溫妙柔身後，謝鏡辭拉著裴渡衣袖不斷往前，最終停下的地方，是一堵巍然而立的高牆。

關於那個猜測，稱得上「瘋狂」。

蕪城所有人都知道，城牆不可能被毀，倘若被破開，城裡的人們不會毫無察覺。

一旦牆體結界被破，魔氣便會肆無忌憚湧來。毫無靈力的屍體絕不可能充當結界，就算江屠在那之後迅速砌牆，也一定來不及。

如果付潮生死後被放進牆體裡，一定來不及的。

溫妙柔仰面而望，脊背發抖。

這一切設想的前提，都是「付潮生死後」。

倘若城牆破碎那時……他還活著呢？

從這個念頭湧上心頭的那天起，她便日復一日徘徊在城牆邊，從清晨朝陽初升，一直到暮色澈底鋪開，暗沉沉的墨汁浸入每一絲空氣。

她的手觸碰過城牆的每一個角落，指節輕扣，試著找到某個地方。

所幸終究被她找到，某個並非實心的地方。

既不在鬼域，也不在修真界；無法逃離，更不會被人發現。

溫妙柔等待這一刻，整整十五年。

長刀揚起，斬落滿地清冷月輝，刀光流轉如潮，裹挾層層疾風，擊打在那堵厚重城牆。

溫妙柔聽見一聲空空的悶響。

那是牆體中空，才會響起的聲音。

被長刀擊中的牆面脆弱得不可思議，包裹在最外層的磚塊恍如山倒。

應聲坍塌之際，月光冷然降下，映出空隙另一邊仍然挺立的牆面，以及一道筆直而瘦弱的幽黑影子。

那是一道人影。

「我要走啦。」

付潮生失蹤那天，溫妙柔因受冷患了風寒，他白日將小丫頭悉心照料一番，臨近傍晚的時候，突然起身告別：「我有重要的事情要做，妳好好休息，知道嗎？」

她被凍得迷迷糊糊，高燒不退，縮在被子裡問他：「去做什麼？」

付潮生不知應該如何回應，認真地想了好一會兒。

最後他把門打開，露出傍晚時分靜謐生長的夜色，以及與貧民街遙遙相望、明麗生輝的攬月閣。

攬月閣當真像是掛在天上的月亮，將長街上的一切貧弱與苦難襯托得黯淡無光。

他們太窮，連夜半點燈都要一省再省，藉著月色也能活，光亮總比不上溫飽來得重要。

「看見最高處的那道光了嗎？我要去變一個戲法。」他說：「讓那簇火光，亮遍整個蕪城的戲法。」

「這個戲法好難。」溫妙柔聽得懵懂，只覺得付潮生口中的景象遙不可及，於是癟著嘴沉吟補充：「你會失敗嗎？」

山巔之上，攬月閣瑩輝四散，被懸墜於屋簷的七寶琉璃折射出道道白芒，連雪花也蒙了層晶瑩溫潤的亮色，恍然望去，有如煢煢而立的天邊樓閣。

然而天上的夢，終究搆不到凡間的人。

高牆之下，濃郁夜色沉甸甸往下蓋，唯有月光傾灑而落，四伏的陰影恍如魑魅魍魎，在黑暗中悄無聲息地浮動潛行。

謝鏡辭的身影被月沙拉成一條纖長直線。大雪飄揚而落，在寂靜無聲的夜風裡，她沉默著微微側身，現出面前景象。

溫妙柔一步步往前。

在那個傍晚，當付潮生行至門前，聽完她的話後，又說了什麼？

那真是一段十分久遠的記憶，久到她已經快忘了那個男人的模樣與聲音，所有往事格外遙遠，被十五年裡的蹉跎歲月磨平稜角。

然而在這一刻，她卻無比清晰地想起，那日大雪紛飛，付潮生垂著眸注視她，半晌，露出溫柔得像水的笑。

「如果我失敗了，一定會有其他人試著做到。」付潮生從來不會講漂亮話，哪怕在命懸一線之際，也不過咧嘴笑著告訴她：「蕪城有很多很多人啊，也許那天是在很久很久之後，但總有一天，我們會成功的。」

……啊。

她終於想起了他的樣子。

瘦瘦小小，柳葉一樣的眉毛，眼睛總是微微瞇著，嘴角帶著笑。

就像兩人第一次相見，她被街頭混混欺負得號啕大哭，而付潮生將惡人暴打一頓，蹲在她面前顯得無奈又笨拙：「別哭啦，以後有我保護妳，不用怕。」

她完全不相信，抽抽噎噎抬眼望他：「真的？」

「真的！」見她終於回應，付潮生信誓旦旦，笑著對她說，「就算天塌下來，我也能幫妳撐。」

溫妙柔終是沒能忍住，眼眶湧下滾燙的淚來。

在作為結界的高牆裡，有個人背對著蕪城，跪坐在碎裂的缺口中，直至屍身被冰雪凍僵，始終保持著雙手上舉的姿勢。

高牆被砸開的剎那，關於十五年前的真相，溫妙柔曾設想過。

付潮生不敵江屠，最終落敗，後者為聚攏民心，將其屍身砌入城牆，再編出謊話。

可事實全然不是那樣。

埋骨地中魔氣正盛，一旦結界破開，城中必將大亂，無數百姓死於非命。既然謝鏡辭能輕而易舉破壞牆體，那修為已至元嬰的江屠自然也能。

這是個必死的局。

意氣風發的俠士來到貧弱小城，不忍人們飽受壓迫，決意在鬼門開啟、暴君來訪當夜，提劍刺殺。

然而叛變的孩童將一切計畫盡數抖漏，那日江屠特地離開攬月閣，將付潮生引到最偏僻、人跡罕至的荒郊城邊。

也許是決戰之前，又或許是激戰正酣之際，江屠當著他的面，刻意破開了城牆。

他那樣矮小瘦弱，卻毫不猶豫抽身而出，迎著江屠的長劍，動用渾身上下所有靈力，把缺口處的結界填滿。

僅憑一個背影，溫妙柔便認出那人。

那是付潮生。

從未落敗，也沒有認輸，直到生命最後一刻，他都是頂天立地的英雄。這個遭到蕪城所有人唾棄、被稱作叛徒的男人，他真的……為他們撐起了一片天。

謝鏡辭看著那道影子，久久沒說話。

恍惚之間，她再度想起多年前幽冷的夜。

付潮生最大的心願，便是鬼域中人皆能隨心前往外界。與她相遇的那日，他應該已下定決心與江屠決一死戰，在鬼塚的那段時間，是為了看外面的世界最後一眼。

她清楚記得刀光如龍，斬斷萬千繁複，身形頎長的青年自有風骨，握著刀溫聲笑笑。

付潮生說，他有必須去做的事。

抬眼望去，攬月閣光芒漸盛，可與明月爭輝。山巔之下，長街蜿蜒盤旋，偶有燭光微閃，好似條條長蛇無聲潛入夜色，與埋骨地裡的淒然幽森緊緊相連。

一日，十五年，百年。

黑暗綿延不絕、無窮無盡，可總得有人前仆後繼，點燃蕪城的萬家燈火。

高閣之中，陰鷙凶戾的暴君悠然而坐，與追隨者們舉杯共飲，笑音不絕；金府之內，賺得盆滿缽滿的男人吃飽喝足，正躺上金絲榻入睡。

城牆朔風冷然，紅衣女修無言佇立，容貌艷美的姑娘握緊手中長刀。在遙遙遠處，茫茫夜色裡，不知誰家傳來一聲尖銳刺耳的嬰兒啼哭，旋即燭燈亮起，婦人攜著倦意低聲安慰。

今日的天演道早早閉館，盛宴之後，高大的劍修靜立於窗邊，當絹布擦過劍刃，寒光反射如冰，照亮他堅毅的面龐。

湧動了長達十五年的暗流，終於在此刻以一束火光為引，掀起滔天巨浪。

在鬼門開啟前夜，一切都將迎來終結。

謝鏡辭心裡有些悶。

在此之前，付潮生於她而言，只是個面目模糊的救命恩人，無論怎麼看，都像是蒙了層薄薄的霧，不甚明晰。

她之所以如此在意他的去向，除卻想要報答救命之恩，更多的原因，還是因為她知道付潮生並不在修真界，被百姓們口耳相傳的流言激起了好奇心，想要一探究竟。

然而如今好奇心得到滿足，她卻像被什麼東西哽住了喉嚨。

經過漫長的十五年，付潮生的身體已然僵硬如磐石，即便一側城牆碎開，仍然在漫天飛雪裡，保持著高舉雙手的姿勢。

溫妙柔靜靜凝望他的背影許久，終是顫抖著伸出手，輕輕觸在男人瘦削的脊背上。

遇見付潮生的時候，她只有十歲。在那之前，無父無母的溫妙柔早就習慣了委曲求全，人生得過且過，只要能活下去，一切都萬事大吉。

與付潮生相識之後，破天荒地，她想要換一種活法。

她想拾起被丟棄的自尊，想嘗試反抗，也想像他那樣，成為一個能讓旁人臉上浮現微笑的大俠。

對於貧民窟的小孩來說，這種念頭無異於天方夜譚，付潮生聽完後卻哈哈大笑：「當然好啊！丫頭，妳可得快些追上我，我是不會在原地乖乖等妳的。」

他永遠不會知道，正是這隨口說出的一句話，成了她一輩子拼命的理由。

付潮生太遠了，溫妙柔向來只能遙遙看著他的背影，怎麼也搆不到。

她不斷向前狂奔，自以為一步步朝他靠近，然而此刻來到終點，才發現付潮生留給她的，仍舊是一道恆久沉默的影子。

溫妙柔設想過無數次，當她與付潮生再度相逢，應該以怎樣的方式作為開場白。

——要麼怒氣衝衝罵他一頓，斥責他這麼多年來的渺無音訊。

這個法子太凶，說不定會嚇著他。

——要麼柔柔弱弱嬌滴滴地迎上前去，向他表露多年的關心。

這個法子太矯情，說不定也會嚇著他。

——要麼意氣風發走上前，像所有老朋友那樣，輕輕拍一拍他的肩頭：「好久不見啊付潮生，我已經變得和你一樣厲害啦。」

這個法子……雖然有吹牛的嫌疑，但這個法子好像不錯。

在這悠長的十五年裡，她真的很認真很認真地思考過很多次。

可如今既然相見，為什麼不能轉過身來，看她一眼呢。

她已經獨自追逐這麼多年，變得和他一樣厲害，明明只要……回頭看上一眼就好了。

夜色四合，謝鏡辭無言而立，看著身前的女人掩面抽泣。攜著哭腔的喉音被壓得極低，在蕭瑟冬夜裡響起，被冷風吹得凌散不堪。

四面八方皆是蕭瑟寒涼。

好在溫妙柔很快控制住情緒，雙目通紅地抹去滿面水痕，再開口，嗓音沙啞得像是另一個人：「抱歉，讓二位見笑了。」

謝鏡辭斟酌片刻，小心出聲：「付潮生……我們該怎麼辦？」

她本來打算說「怎麼處理」，話到舌尖總覺得不對，於是一時改口，換成了「怎麼辦」。

「他屍身已僵，通體凝結了沉澱多年的靈力，恐怕很難輕易出來。」溫妙柔的目光有一剎恍惚：「不如……當下就這樣吧。」

她是個健談的人，此時此刻卻不知該說什麼。

沉默並未持續太久，此番開口的，竟是一直安靜不語的裴渡：「既然前輩知曉叛徒身分，為何不公之於眾？」

「我也想啊。」溫妙柔苦笑：「當年的真相撲朔迷離，唯一知曉前因後果的，恐怕只有江屠本人。他遠在別處、守衛重重，以我的身分完全沒辦法接近，只有等他來到蕪城，我才有機會到他身邊，試著套取付潮生的去向。」

一旦金武真出事，江屠定會認為有人伺機報復，旁人若想靠近他，幾乎毫無可能了。

這段話聽起來毫無掩飾，謝鏡辭卻下意識問：「妳想殺他？」

她的提問引出了紅衣女修一聲輕嗤。

溫妙柔搖頭：「我？我和他的修為差了十萬八千里，怎會有那種念頭？別忘了我的老本行，論套話，我有的是辦法。」她說罷眸光一動，似有所指：「想殺他，蕪城上上下下這麼多人，恐怕只有周慎能試試。只可惜周館長吧——」

接下來便是意味深長的停頓。

謝鏡辭能猜出她沒有說完的話。

只可惜周慎鬥志全無，即便重傷痊癒，也很少再拿起無比珍愛的長劍。

至於平日裡聽見辱罵付潮生的話，他也從不曾幫昔日好友反駁一二，自始至終都沉默。和話本裡那個豪情萬丈的劍修相比，根本就是截然不同的兩個人。

「不瞞妳說，看他那種態度，我在很長一段時間裡，一直以為周慎就是出賣所有人的叛徒。」溫妙柔的嗓音帶著殘餘哭音，語氣卻是低低嗤笑：「後來發現，他只不過是個夾著尾巴做人的懦夫。」

謝鏡辭不置可否。

「今日一番波折，謝姑娘一定累了。」夜風凜然，攜來女修的沙啞低喃：「如今天色已晚，付潮生的事我會處理……二位就先行回客棧歇息吧。」

謝鏡辭滿心鬱悶地走在大街上。

她被冬風吹得頭腦發懵，怏怏的怎麼都提不起勁，左思右想好一會兒，才輕輕開口：

「用不了多久，鬼門就會打開了。」

裴渡溫聲應她：「鬼門開啟之後，謝小姐打算離開此地嗎？」

繼續留在鬼域，對他們而言並無益處，於理而言，的確應該儘快離去。

可她不甘心。

蕪城之內，沒人能勝過江屠。只要江屠在位一日，金武真就能跟著得意一天，哪怕百姓知道真相……

當年的叛徒已經有了牢靠穩重的靠山，如此一來，他們敢動他嗎？

謝鏡辭不知道。

她清楚自己修為受損，因此在前往鬼域尋找裴渡之前，隨身攜帶不少靈丹妙藥。經過這幾日的調理修養，終於來到金丹期一重。

雖說劍修刀修最擅越級殺人，但謝鏡辭很有自知之明，以她的實力，倘若撞上如今全盛狀態的江屠，只會被殺得片甲不留。

不過——

紛亂複雜的思緒裡，突然閃過一個念頭。

她雖然打不過江屠，但柿子要挑軟的捏，這蕪城裡除了那位至高無上的暴君，不是還有一位——

「喲，這不是白日那小娘們嗎？」

似曾相識的男音打斷思緒，謝鏡辭聽出來者身分，莫名鬆了口氣，應聲抬頭。

金府少爺應該剛結束一場酒局，滿面盡是被酒氣染出的紅，看向她的目光裡帶著幾分暈眩與混沌。

在他身後，還跟著幾個侍衛模樣的青年。

「我真是越想越覺得不對勁……妳分明就是故意踩我，對不對？」金梟說話大著舌頭，想來是被她折騰得夠慘，恨意從每個字眼裡溢出來：「向妳搭話，那是看得起妳，知不知道在城中，有多少女人想進我金家的門？妳個賤人……我倒要看看，沒了那群刁民撐腰，妳還能得意到什麼時候！」

他說罷打了個手勢，讓身後的侍衛們一擁而上。

謝鏡辭非但沒有後退，甚至想笑。

她剛想起金府，金家小少爺便主動送上門來，這叫什麼，天命啊。

「裴渡。」謝鏡辭打了個哈欠，懶懶拿出漆黑長刀，傳音入密：「莫霄陽他們說過，金家父子兩人，在修為上都是不堪大用的廢物，對吧？」

其實他們當時的措辭委婉許多，她這句話說得，實在有那麼點傷人。

裴渡：「嗯。」

她頓了頓，又道：「溫姐姐說過，今晚夜半子時，鬼門就會打開——距離子時還有多久？」

裴渡：「一個時辰。」

那還有什麼好猶豫的。

謝鏡辭拔刀出鞘。

既然蕪城中人人忌憚江屠威嚴，不敢動金府分毫，那這個出手的惡人，她不介意當一當。其他人不敢做的事，她來做；其他人不敢動的人，她來動。

與蕪城百姓不同，她與裴渡所倚靠的，是更廣闊而浩大的修真界。等鬼門開啟，無論他們曾鬧出多大的亂子，只要迅速離開鬼域，就不會有任何後顧之憂。

哪怕是能自由出入鬼域的江屠，也不可能在修真界放肆撒野。耍完帥就跑，就是這麼任性，金家就算想要哭訴，也找不到說理的地方。

「有多少人想進金家，我自然不清楚。」長刀劃破凌厲夜風，被飄揚的雪花映出點點瑩白。謝鏡辭眉目稍揚，嘴角露出一抹笑：「但今晚過後，恐怕一個人都不會再有了。」

利器的嗡鳴有如龍吟，頃刻之間打破寂靜夜色。侍從們一擁而上，裴渡亦是拔出長劍。

她早有預料，這是一場毫無懸念的碾壓局。

第一次路過天演道武館時，謝鏡辭曾目睹莫霄陽與另一人的對決。那時有圍觀群眾說過，那兩人都是蕪城頂尖戰力。

也就是說，除了幾個赫赫有名的元嬰大能，這個偏僻小城裡幾乎所有人，都比不上金丹期的莫霄陽。

可巧，她的修為也是金丹，雖然才剛入門。

來自各大宗門的身法與刀術變化莫測，被謝鏡辭隨心所欲地施展而出。

幾個侍衛大多築基，充其量剛剛摸到金丹門檻，哪曾遭受過社會如此險惡的毒打，紛紛落敗，不消多時，長刀便已靠近金梟喉嚨。

「妳……妳想幹嘛！」

額前一縷黑髮被刀光削去，金梟酒意瞬間少了大半。

他是貨真價實的廢柴，完全看不出謝鏡辭修為高低，之前看她樣貌出眾，本以為是個嬌滴滴的小姐，沒想到竟惹了尊瘟神。

蕪城之中，竟有人敢拿刀對著他？

他要把一切告訴爹，讓這對狗男女不得好死！

「我警告妳，千、千萬別亂來！」他被濃郁煞氣嚇得發抖，哆哆嗦嗦：「我爹是江屠跟前的紅人，妳要是敢揍我，絕對吃不了兜著走！」

謝鏡辭：「哦。」

她停頓一瞬，連嗓音都沁著冷：「我不僅要揍你——」

那股殺意並未消退，反而愈來愈盛，有如瘋長的藤蔓，將他纏繞得動彈不得。金梟從未受過此等威脅，身體抖個不停。

月光落下，那女瘋子的臉艷麗得驚人，柳葉眼中暗潮翻湧，最終停在一抹嘲弄的冷笑上：「我還要揍你爹。」

今夜註定不會平靜。

即便到了深夜，不少人也尚未入眠，等待著鬼門開啟，見證十五年一遇的盛景。

也因此，當金府中的慘叫聲響起時，引得眾多百姓前來圍觀。

直到被從床上硬拽下來爆揍一頓，金武真都是懵的。

旁人好夢中殺人，他是夢中差點被殺，渾身劇痛睜開眼時，見到兩張陌生的面孔。

那姑娘生得明豔，嗓音卻是冰冷至極，第一句話：「你的侍從全跑了。」

沒等他從震驚裡緩過神來，對方又開口說了第二句：「明明用著十多歲小孩的身體，卻裝了這麼久垂垂老矣的大爺，應該挺累吧？」

金武真瞳孔驟縮，猛地抬頭。

此人怎會知道他的祕密。

那個……絕不能見光的祕密。

第一次見到這位金老爺，謝鏡辭看他的眼神如同盯著落水癩皮狗。

從外表看來，這的確是個六七十歲的佝僂老人。髮鬢皆白、身形臃腫，面上皺紋遍布，完全看不出年輕時的模樣。

闖入金府並不難。

以她的實力，雖然比不上擁有絕對壓制力的江屠，對付蕪城裡其他無名小卒，就跟切菜一樣簡單。

更何況金家平日裡作惡無數，人心早就散得一乾二淨，謝鏡辭大致闡述當年的事情真相，無論丫鬟、小廝還是侍衛，都心甘情願讓了路。

一旦承認，被留影石一類的祕寶記錄下來公之於眾，那他不但會聲名狼藉，還將成為整個蕪城的公敵，被報復至死。

金武真不傻，自然明白這種時候不能一口承認，最好的辦法，便是裝傻。

「妳、妳在說什麼？什麼小孩的身體？」

他裝得可憐，渾身顫抖不已，末了還輕咳幾聲，熟練地捶捶後背。

這女人知道了又怎麼樣，只要他不承認，她就沒有任何可以證明的方法。

念及他如今這具身體，金武真沒有想到，江屠會這麼狠。

當年他出身微末，受夠了窮困的苦，付潮生見他孤苦無依地獨自流浪，心生憐憫收留他。

那是個始終在笑的刀客，彷彿從未嘗過人間疾苦，某次喝酒後笑著對他說，自己一定會打敗江屠，讓所有人擺脫束縛，能自由地來往人魔兩界。

他知道江屠可恨。

殺伐無度、橫徵暴斂，將無數人剝削得窮困潦倒，無以為生，可是……

比起暴君，於他而言，貧窮才最令人厭煩。

就算去了外界又怎樣，就算有更好的城主又怎樣，若想擺脫窮困，還不是得靠自己去拼。

因此他選擇了另一個更好的方法。

一個可以讓他……一步登天的方法。

那時江屠身邊，遠沒有如今護得那樣嚴，他將付潮生的所有計劃盡數相告，男人聽罷大笑不已，很快便設了一個死局。

他本來想拿著錢，去別的地方享一輩子福。

可江屠的心思遠遠超出他想像，暴戾恣睢的魔修滿懷期待地看著他，眼底盡是烈焰般灼熱的瘋狂：「我要你換個身分，成為蕪城的一把手……想像一下，那群人拼了命反抗，卻不得不生活在叛徒的統領之中，多有意思啊！」

這是個徹頭徹尾的瘋子。

江屠先是傳給他些許修為，讓他停止生長，再利用易容術，讓十多歲的小孩變成老者模樣，讓他拼命攝入食物增肥改變體型，為使嗓音逼真，甚至用毒藥啞了他的嗓子。

從此他捨棄曾經的姓名，改名為「金武真」。

用在他身上的易容術高深莫測，難以褪去，也不會被外力損毀，幾十年過去，從未有人懷疑。

這小丫頭，又能看出幾何？

謝鏡辭不跟他多說廢話，右手一抬，便拎著金武真領口走出臥房。

臥房之外的庭院裡，已然聚集了不少人。有在金府做工的男男女女，也有聞訊而來的百姓，見兩人出來，齊齊投來視線。

「救我，救我！」金武真雙手撲騰，被謝鏡辭的靈力衝撞得鼻青臉腫，語氣裡帶著可憐的哭腔：「這女人盡說瘋話，你們不會信了她吧？江城主還在攬月閣裡，倘若知道今晚的事，一定會大發雷霆！」

他說話的間隙，庭院外再度響起嘈雜人聲，金武真循聲望去，叫得更厲害：「監察司！救我，快救我！」

監察司相當於蕪城的執法機構，聽說有人闖入金府，很快便來到此地。

領頭的人是個金丹修士，謝鏡辭不想同他們硬碰硬，見狀並未不悅，而是微揚起唇角。

這種大事，自然是看客多了，才能驚天動地。

「我今夜來此，是為證實一件事情。」她說得不緊不慢，因有裴渡護在身旁，講話格外有底氣：「這位金武真金老爺，究竟是不是十五年前，將情報洩露給江屠的叛徒。」

這無疑是則驚人至極的重磅消息，在場群眾一片譁然，連監察司都停下腳步。

只有金武真大喊：「她胡說八道！付潮生失蹤那會兒，我壓根沒來過蕪城！」

謝鏡辭不理他，繼續說：「諸位可能會覺得疑惑，以金老爺的體型，無論如何都無法與那時的任何人掛上鉤——但如果這具身體並非老人，而是個年紀尚小的孩子呢？」

金武真咬牙切齒：「妳有什麼證據！說我假扮，妳倒是來把鬍子皺紋撕下去啊！」

他既然敢這樣說，就一定有十足底氣。

謝鏡辭明白這個法子行不通，二話不說俯身低頭，一把抓住他衣袖。

金武真想到什麼，渾身滯住。

「我聽說十五年前，付潮生救過一個無家可歸的男孩。那時林中起火，男孩被困火中，眾人一籌莫展之際，唯有付潮生衝進火海，把他帶了出來。」

衣袖被拉開，在陡然來臨的靜默裡，有人倒吸一口冷氣。

那隻老樹皮般的手臂上，赫然是片蔓延了大半皮膚的褐色燒傷舊痕。

而謝鏡辭依然不緊不慢：「付潮生以身軀抵擋邪火，後背灼燒處處，男孩得了他照拂，只有手臂被燒傷一片——哎呀，金老爺，你手上為何也會有疤？這麼嚴重，總不可能是熱水燙的吧？」

金武真氣到吹鬍子瞪眼，忍下渾身劇痛：「我這是兒時被柴火燙傷，不行嗎！」

他極力狡辯，然而從周遭群眾的目光裡，已能瞧出懷疑。

畢竟那傷疤太大，也太過巧合。只可惜縱使他們再怎麼懷疑，也沒有決定性的證據。

「諸位想想，此人何德何能，能成為蕪城一把手？」謝鏡辭緩聲道：「就是因為他幫了江屠，把付潮生——」

她話音未落，耳邊忽然響起熟悉嗓音：「謝鏡辭？」

謝鏡辭抬頭一望，竟是付南星。

他一定也聽到消息，特地趕來金府，見狀蹙眉：「妳在做什麼？江屠正在城中，萬一惹惱他，妳不要命了？」

這句話甫一出口，人們紛紛露出畏懼之色。

「姑娘，要不還是收手吧？」有人好心道：「溫妙柔是不是對妳說了什麼？自從付潮生離開，她就一直不大對勁，偶爾說上一兩句胡話，千萬莫要當真啊。」

一旁的另一人出言附和：「對啊！她被付潮生迷了心竅，以溫妙柔的能力，說不定早就知道金武真手上有疤，特地編了謊話誆妳呢？」

「就是就是！」金武真情不自禁咧開嘴，連連點頭：「付潮生下落不明，肯定去了別處自在享福，妳不去找他，反倒懷疑我——這叫什麼，顛倒黑白啊！」

聽見付潮生的名字，付南星眸底一暗。

江屠忙著晚宴，短時間內定不會抽身來管，更何況民心已有了傾斜，所有人都在等待真相，哪有時間去給他通風報信。

謝鏡辭視線微動，依次掠過在場密密麻麻的群眾，與緊抿著唇的付南星。

人數足夠多，重要的角色，終於全部到場。

「諸位想看證據？」她聲調沉鬱，穿透瑟瑟寒風：「不如隨我來。」

深夜的郊外，連空氣都像結了層薄薄的冰。

謝鏡辭領著眾人往前，裴渡則替她拽著金武真衣領，把金老爺一路拖來此地。

「謝姑娘，妳到底想給我們看什麼？都走了這麼久，什麼時候是個頭？」不知是誰氣喘吁吁道：「再說了，這荒郊野嶺的，和金武真的真實身分有什麼關係？」

裴渡沉聲：「安靜。」

今夜的雪，似乎比前幾日都要大些。

雪花籠了層月華，此地雖然遠離城中燈火，多虧這瑩瑩月色，顯出幾分白幽幽的微光。

謝鏡辭望見那堵高高佇立的城牆，沉默著停下腳步。

身後的人們目力遠不如她，只能望見一片黑黝黝的暮光，有人從懷中掏出一根火摺子，輕輕點燃。

橘黃的火光恍如流水，在夜色裡緩緩溢開。

之前還交頭接耳的男男女女，在這一剎那，盡數失了言語。

在城牆不起眼的角落，有處破開的大洞。

而在裂口之中，那道背對著所有人的影子分明是——

付南星愣在原地，半張了口，任由寒風灌進喉嚨，一個字也吐不出來。

「付……」走在最前面的女人後退一步，不敢置信地捂住嘴，嗓音止不住發抖：「付潮生？」

沒有人對這句話做出回應。

在此之前，沒有人相信謝鏡辭的話。他們帶著懷疑與怒氣而來，然而真真切切見到眼前景象，卻不由瞬間紅了眼眶。

那是被他們憎恨了整整十五年的付潮生。

在所有人的認知裡，他本應背叛燕城，獨自前往外界瀟灑，可是付潮生……為何會死在這種地方。

他又……怎能死在這種地方。

「十五年來，你們以為的『叛徒』，其實一直都在這兒。」謝鏡辭垂眸而立，末了望向一動也不動的金武真一眼，尾音帶著諷刺的味道：「怎麼樣，這算是證據了嗎？」

金武真已面無血色。

他以為這個莫名其妙出現的丫頭，唯一拿得出手的底牌，只有他手臂上難以抹去的猙獰燒傷。這算不上實質性證據，只要付潮生不被找到，金武真就能把罪責全推給他。

死人不會講話，更不可能反駁。

但她怎麼可能找到付潮生的遺體？江屠曾信誓旦旦告訴他，那地方絕對隱蔽，不會被任何人猜到——這怎麼可能！

「江屠在決鬥中用了下作手段，強行破開城牆，引魔氣入城。」謝鏡辭聲調不高，卻無比清晰地傳入每個人耳中：「以付潮生的修為，自然不會忌憚魔氣，但他還是捨棄反抗，以身為牆，用靈力填補了結界——你們難道不明白，他是為了誰嗎？」

沉寂須臾之後，拿著火摺子的女人終於沒能忍住，渾身脫力跪倒在地，掩面痛哭。

這個問題的答案是那麼明瞭，在場所有人心知肚明。

付潮生能在魔氣侵襲中逃過一劫，可城中孱弱的百姓，他們不行。一旦觸及太過濃郁的魔氣，無異於攝入見血封喉的毒藥。

是付潮生捨命救了他們。

然而何其諷刺，在這麼漫長的時光裡，他們居然聽信讒言，將救命恩人視為十惡不赦的罪人，極盡所能地羞辱責罵。

……他們都幹了什麼？

「不……不是我的錯！」金武真被謝鏡辭打得頭破血流，眼看大勢已去，顫著聲音劇烈發抖，試圖謀得一條生路：「全怪江屠……都是他逼我的！我也不想這樣啊！」

謝鏡辭靈力下放，重重擊打在他胸口。

她不想聽到這刺耳難聽的聲音。

「不是你的錯？」之前聲稱溫妙柔「被迷心竅」的青年青筋暴起，一拳打在他臉上，瞪著通紅雙眼，啞聲怒喝：「付潮生救你於火海，你就是這樣報答他的？」

「你們敢對付我，江城主不會放過你們！」這一拳打得他眼冒金星，眼看暴怒的男男女女一步步逼近，金武真明白自己無處可逃，乾脆破罐子破摔，聲嘶力竭地怒吼：「暴民，暴民！只要放了我，我還能替你們美言幾句——至於那個拿刀的，妳是從外界來的對不對？可別忘了，江城主能隨意出入鬼域，就算鬼門打開，妳也跑不掉！」

話音剛落，又被人猛地踹了一腳：「放了你，你把我們當成什麼玩意？你是江屠的狗，我們不是！」

蕪城裡的人們並非善惡不分，之前是受了謊言蒙蔽混淆黑白，如今真相大白，新仇舊怨一併迸發，毫無疑問，會全部奉還在金武真身上。

他鼻青臉腫，又流了鼻血，看上去像個滑稽的小丑。

謝鏡辭倒也不惱，與他相比，語氣輕柔得如同一片雪花：「你似乎還沒明白一些事情。」這人的臉實在令人噁心，她說著挪開視線，儘量不讓視覺衝擊影響自己心情。

「第一，對於江屠而言，你只是個可有可無的工具。俗話說法不責眾，他難道真能因為你，把全城百姓屠了？真當自己是禍國殃民的妖妃呢？別做夢了大叔。」她眼裡盡是厭棄，嘴角惡劣一勾：「江屠也要面子啊，他要是知道十五年前的噁心事敗露，想挽回民意，最好的方法是什麼？」

金武真渾身一抽，露出無法遮掩的恐懼之色。

「最好的方法，自然是把你這個叛徒推出去當擋箭牌，吸引民憤啊。」謝鏡辭發出低不可聞的笑：「江屠巴不得你死，還看不出來嗎？」

「不……不是，不是這樣，不會這樣！」

他並非傻子，在高位坐了這麼多年，自然能明白隱晦的人情世故。

雖然不想承認，但金武真明白，這姑娘說的話句句不假，無論落在百姓亦或江屠手上，等待他的，都只有死路一條。

事情為什麼會變成這樣？

不該……本不該如此的。他捨棄尊嚴，出賣唯一的朋友，辛辛苦苦偽裝了這麼多年——為什麼會是這種結局？

「第二，你說江屠離開鬼域，去外界追殺我？」謝鏡辭一偏腦袋：「江屠什麼修為，元嬰五重六重還是七重？我爹娘伯伯嬸嬸還有幾位兄長姐姐都是化神——他拿什麼打，頭嗎？」

金武真如遇雷擊，呆呆傻傻地看著她。

「修真界可比鬼域大多了，而恰巧，我們這種沒有良心的黑心家族最愛抱團。」她還是笑：「他要是敢來，我能讓他好好體驗一把，什麼叫『強龍壓死外來蛇』。」

這人真是又狂又狠，還不要臉。

金武真差點一口老血噴出來，喉間腥甜，不過一個愣神，忽然見謝鏡辭收斂笑意，漫不經心地開口：「其實我還有一個問題。」

周圍的百姓沒有出聲，在停滯片刻後，金武真聽見她的嗓音：「出賣付潮生，你當真沒有一絲一毫愧疚嗎？還記得他為了救你……被山火傷得一塌糊塗麼？」

他恍然怔住。

「我看過你過去的記錄，自幼無父無母，在街邊流浪，直到遇見付潮生。他不但為你提供工作糊口，還提議你可以住在他家，抵禦冬日嚴寒——他應該是第一個把你當成『人』來對待的朋友吧？你背叛他的時候，心裡到底怎麼想的？」

這麼多年來，頭一回有人問他這個問題。

他當時怎麼想的？

他想過上好日子，想不再受苦，體驗人上人的快樂。

可這種戰戰兢兢偽裝成老頭、每天被噩夢困擾、擔心被識破身分的日子……真的快樂嗎？

「我只是覺得可惜。如果當初一直跟著付潮生，你或許能成為推翻江屠的功臣之一，如願以償過上好日子，然而你卻選擇了另外一條路。」謝鏡辭一字一句，全戳在他心窩上。金武真咬緊牙關，聽她最後說：「現在好了，今晚一過，你肯定什麼都不會剩。家產、地位、名譽、那群靠不住的酒肉朋友——何苦呢？這個結果，你滿意嗎？」

金武真無法再忍，吐出一大口烏血。

殺人誅心。

背棄付潮生，轉而與江屠為伍，是一場巨大的豪賭。

他這些年來過得戰戰兢兢，如同走在鋼絲之上，如今謝鏡辭把祕辛剖開，毫不留情地嘲笑他：你看，從最開始你就選錯了方向，輸得一塌糊塗。

他從未像此刻這般後悔過，可木已成舟，再也沒有彌補改正的機會。

金武真知道，他完了。

真相揭露，接下來的事情，蕪城百姓自會處理。

謝鏡辭後退一步，有些惡趣味地想，真可憐，金武真不知會受到怎樣慘絕人寰的報復，而以他懦弱的性格，定然不會選擇自我了斷。

「奇怪，這裡怎麼聚了這麼多人？」

陌生的童音響起，她垂眼望去，見到五個裹成厚厚圓球的小童。

如果沒記錯，他們應該是溫妙柔收留的流浪兒。

謝鏡辭好奇道：「你們來這裡做什麼？」

「是妙柔姐讓我們來的。」領頭的女孩嗓音清脆：「她讓我們天亮之後，將城中人引來此處，後來還交給我們一封信，讓我把信的內容念給他們聽。」

……信？

當初溫妙柔從武館拉她出來時神色匆忙，說要去辦一件急事。

如果只是去找江屠套話，理應不是那樣火急火燎、殺氣騰騰的神色，她之所以要儘快離開，只可能是為了——

謝鏡辭心感不妙：「她在哪兒？」

「妙柔姐交代完，就急匆匆出了門，好像是往攬月閣的方向。」

小童乖巧應答，也正是這一剎那，猝不及防傳來兩聲巨響。

餘音如潮，瞬間鋪滿蕪城每一處角落，好似琴弦被撥動後的輕顫。

謝鏡辭不知發生何事，聽見有人急急開口：「鬼門……鬼門開了！」

夜半子時，鬼門大開，外界修士必將大批湧入，而謝鏡辭捅了婁子，當下最明智的做法，是儘快從鬼域脫身。

她與裴渡對視一眼，繼而將視線上移，來到另一聲哄響所在的地方。

山巔之上，明月生輝。

高高聳立的閣樓溢滿森然劍氣，將窗紙盡數攪碎，四下飛舞的雪花亦是大亂，如同不受控制的紙屑，聚起道道純白色旋風。

在那裡，正展開著一場劇烈的激鬥。

拿著火摺子的女人咬了咬牙，神色惶恐：「那不會是……溫妙柔吧？」

小童呆呆接話：「可、可妙柔姐剛離開沒多久，不會這麼快吧？」

「溫道友修體練刀，不會有如此強烈的劍氣。」裴渡略作停頓，微微皺了眉：「在蕪城之中，能做到此等程度的，唯有……」

不必聽他說完，謝鏡辭也能猜出那人的名字。

溫妙柔之前曾說，自己只是想從江屠嘴裡套話，不敢正面相抗，那肯定是信口胡謅的謊話。

即便沒有找到付潮生的遺體，她今夜唯一的目的，只有拼死一搏，置江屠於死地。

但她萬萬不會想到，竟有人搶在她前頭。

那個沉默寡言了十五年，被她看不起的周慎，孑然一身提著劍，獨自上了攬月閣。

三位元嬰高手相遇，必然將掀起滔天巨浪。至於他們——

謝鏡辭倏地轉頭，朝裴渡輕輕一挑眉，尾音裡帶著笑：「想去看看嗎？」

鬼門開啟時的巨響猶如猛獸嗚咽，在混沌夜色中，傳至蕪城每個角落。

尚未入睡的人們皆在同一時刻聞聲而出，無一例外滿懷好奇，欲要一睹外界修士的風姿。

然而出乎所有人預料的是，身為蕪城的實際掌權者，江屠本應按照慣例，候在鬼門旁側迎接來客，如今卻不知出於何種緣故，一直沒有現身。

與之遙相呼應的，是攬月閣中耐人尋味的轟然響聲。

老實說，置身於這座富麗堂皇的高閣之內，溫妙柔的感受並不怎麼好。

準確來說，應該形容為「糟糕透頂」。

今夜發生的一切，全與她的預想截然不同。

根據消息網得來的情報，自從付潮生刺殺失敗，江屠擔憂有人效仿，於是雇傭了四名修士，每日輪流護在自己身側。

溫妙柔為今夜的復仇準備許久，最初定下的計畫，是偽造一份與周慎相同的請柬，以受邀者的身分名正言順進入攬月閣頂樓。

既然被雇傭的四人是輪流保護，那麼在場需要戒備的對手，唯有江屠與另一名元嬰左右的魔修，就算周慎還沒離開，以溫妙柔對他的瞭解，應該不至於向她出手。

周慎雖然頹廢，可至少骨氣還在，如果時機成熟，說不定能與她並肩作戰。

她勝算不大，但仍有希望。

然而從推門而入的那一刻起，事情全然偏離了計畫——

洶湧劍氣轟然四散，將她震得後退一步，至於那股劍氣出自何人之手，溫妙柔一眼就能看出。

可為什麼……周慎會搶先和他們打起來？

更令她意想不到的是，江屠那廝的貪生怕死程度遠遠超出想像。

他生性謹慎，猜到蕪城之中民心不穩，竟在今夜把四名護衛全部召集到身邊，確保平安無事。

因此當溫妙柔步入大堂，首先見到持著劍的周慎，以及同他纏鬥的四道人影。

而那位貨真價實的暴君懶洋洋地坐在席位上，頗有興致地看著好戲，彷彿正置身事外觀賞一齣貓抓老鼠的鬧劇，實打實的惡趣味。

察覺到有人突然闖入，包括周慎在內，堂中所有人不約而同投來視線。

周慎眉頭緊擰，正欲開口，便被疾風驟雨般的攻勢占據所有注意力；其中兩名鬼修短暫交換眼神，很有默契地轉換目標，一齊朝她攻來。

於是由極度不公平的四打一，變成了稍微沒有那麼不公平的四打二。

溫妙柔腦子一塌糊塗，只能咬牙應戰。

由於她的加入，周慎舉步維艱的困境得到極大改善。他們兩人都是元嬰期，雖然費了一番功夫，但終究還是將對手盡數擊潰。

這種局面導致的後果是，等江屠從座位上緩緩起身，二人已經沒剩多少力氣。

真是無恥。

溫妙柔看著這人天下唯我獨尊的模樣，直犯噁心。

放眼鬼域，元嬰算不得多麼了不起的修為。

江屠之所以能在蕪城胡作非為，全因此地窮鄉僻壤，沒有能與之抗衡的修士，他卻自我感覺異常良好，能寫一本《自信男人的不二法門》。

此時此刻亦是如此，她與周慎被另外四人消耗了氣力，江屠卻表現出比平日裡更趾高氣昂的模樣，好像這一切全是他的功勞，跩得走路都能帶風。

溫妙柔在心底暗罵一句。

江屠使刀，彎刀一出，立即引得冷風驟凜。

她身輕如燕，迅速側身躲過刀擊，同時以肌骨護體，擋下撲面而來的凶殘風刃，急急開口：「怎麼會和他們打起來？以一敵五，豈不是送死？」

「我來時只見到江屠，等拔了劍，才發覺還有四人暗自埋伏。」周慎氣息不穩，眉宇間濃雲暗湧，斂去神色：「妳又為何要來這裡？剛突破元嬰不久，便著急露上一手麼？」

江屠的攻擊越來越快，溫妙柔來不及回答，只能匆匆瞥他。

蕪城裡的人們都說，周慎變了很多。

付潮生決意刺殺時，他重傷未癒，在床上病怏怏躺了好幾年，後來等他恢復大半，付潮生早就沒了蹤影。

也許是因為好友的離去，又或許是習慣了清閒的日子，這位昔日強者逐漸收斂銳氣，成了整天笑嘻嘻、不求上進的小老闆，什麼意氣風發，早被磨得一絲都不剩下。

溫妙柔也是這麼以為的。

直到她親眼見到周慎的身法與劍術。

最初周慎與付潮生來到蕪城時，前者身受重傷、臥床不起，後來付潮生失蹤，他整天懶散得像是毛毛蟲，連劍都很少拿起過。

因此，這是溫妙柔頭一回見到他認真拔劍的模樣。

周慎生了張單純無害的娃娃臉，一招一式卻飽含殺機，長劍在半空凝出無形罡風，將右側一排燭火吹滅，窗紗亦被絞碎，自頂樓紛然落下。

太快了。

道道劍光恍如流影，令她看得目不暇給，即便體力不支，在這短短幾個瞬息，周慎竟能與對方平分秋色、不相上下。

這絕不是頹廢多年、不碰刀劍之人應有的模樣。

溫妙柔有些明白了。

付潮生死後，江屠最忌憚之人，便是這位名聲不小的「闇獄劍」。

彼時的周慎尚有傷病在身，毫無還手之力，爭辯會被處死，為付潮生解釋會被處死，就連傷病痊癒、修為日漸逼近江屠，也很有可能會被處死。

若想打消對方的顧忌，只能出此下策。

他違心地活了整整十五年，暗地裡卻瞞著所有人繼續練劍，一番苦熬之後，終於等到今天。

其實這件事，自始至終都與周慎毫不相干，哪怕他離開蕪城，也不會有任何人出言指責。

然而因為付潮生，這件事便成為周慎一個人的祕密。

他下定決心報仇，哪怕魚死網破——這是對同伴最後的責任與承諾。

江屠看出他們體力不支，即便同樣受了不輕的傷，卻還是肆無忌憚放聲大笑，露出更興奮的神色。

刀光雜亂落下，劈開大堂裡根根木柱，樓閣無法繼續支撐，自角落開始，逐漸向下坍塌。

刀刃般鋒利的靈力刺中小腹，溫妙柔吃痛之際，感受到一股更為狠戾的衝擊，被擊飛數丈遠。

在劇痛席捲全身的那一刻，她就知曉了今夜的結局。

只可惜，還差一點點……他們就能成功了。

自閣樓外，隱約傳來許多人的嘈雜腳步聲，後來交談聲逐漸增大，似乎在爭吵什麼。

周慎終於倒下，江屠抹去嘴角血跡，淡淡望了窗外一眼，不耐煩地皺眉：「那群刁民又在搞什麼花樣……難道還想進我攬月閣不成？」

溫妙柔眉心一跳，心裡浮起某個名字。

那個叫謝鏡辭的姑娘同樣知道付潮生的下落。

她定然已將一切公之於眾，才會致使這麼多人聚在此地，想要討個說法。

攬月閣裡遍布江屠爪牙，想來到頂層，恐怕得和那些人纏鬥一段時間。

而這段時間，足夠讓江屠把她和周慎殺掉。

明明只差了一會兒而已。

真是倒楣。

劇痛侵襲全身，溫妙柔看見江屠握住彎刀，居高臨下望著面前的周慎。

刀尖冷然，緩緩掠過他脊背，最終稍作停滯，落在靠近心臟的地方。

從出生開始，溫妙柔的人生裡，似乎從不存在「好運」。

她是真正意義上的逢賭必輸、喝個涼水都塞牙，當她把自己的倒楣事告訴付潮生，聽見後者輕聲一笑。

在那之後，溫妙柔突然開始走起好運。

路過飯館，莫名其妙成了他們的第一百名客人，得以吃到連續一個月的免費午餐；突然有神祕人在每天清晨悄悄往她窗臺放花，說覺得她是個可愛的小姑娘，值得小花相贈。

那是她從小到大，第一次得到陌生人直白的認可與贊同。溫妙柔高興得一連三天蹦蹦跳跳，細細珍藏這些花。

後來付潮生走了。

她再也沒在清晨的窗前收到花。

直到那天，年紀尚小的她才後知後覺明白，原來她還是一如既往地倒楣，那些所謂的「好運氣」，不過是另一個人的煞費苦心。

她的好運，全是付潮生相贈的。

彎刀緩緩向下，溫妙柔見到周慎背後湧出的一抹殷紅。

江屠同樣受傷不輕，倘若有任何一人突然出現，都有機會瞬間扭轉局面。然而走廊外寂靜無聲，沒有人來，也不可能有人來。

她真是……倒楣了一輩子，連死到臨頭的時候，都碰不上一絲好運氣。

「永別，周館主。」

江屠語落，壓刀，低沉的男聲不帶絲毫感情，被冬雪浸得攜著股冷意，最後一個字如同落珠，擊打在靜謐的雪夜。

溫妙柔顫抖著深吸一口氣，握緊珍藏許久的護身符。

在護身符裡，是一片來自多年前的花瓣。

付潮生。

只要一點點好運氣，如果可以的話——

就在須臾之間。

窗外無窮無盡的暮色中，竟出現另一道破風而來的輕響，刀風勢如破竹——直攻江屠眉心！

溫妙柔：！

變故來得毫無徵兆，溫妙柔兀地睜大雙眼，尚未細看，便察覺窗外湧來一陣透骨寒風。

不對，那不是風。

那是個……破窗而入的人。

溫妙柔屏住呼吸，聽見自己瘋狂的心跳聲。

——她怎會從那種地方過來？

那人並未像其他百姓一樣登樓，而是直接馭器行於半空，從窗外飛身跳下。

她手裡提了把通體漆黑、相貌怪異的細長直刀，藉著飛行殘餘的勢能，以不可思議的速度飛快往前衝，雖然是個姑娘，卻滿身戾氣，狂得像匹狼。

直刀順勢揚起，在燭火之間映出銳利鋒芒。

饒是江屠也未曾料想過此等變故，一時間難以擋下這股來勢洶洶的殺氣，只能捨棄周慎，倉皇後退幾步。

漆黑的利刃往回一收。

來人本是微微躬著身，此時停下動作立在周慎面前，輕吸一口氣，抬眼直起腰來。

謝鏡辭的眉眼妍麗明豔，如今被殺氣一罩，好似繁花間陡然現出的利刃，鋒芒畢露，凌厲肅殺，就連那份令人驚嘆的漂亮裡，都藏著幾分血腥氣。

江屠滿打滿算的一齣好戲被迫中途收場，臉黑得像被潑了一層墨，雙目間怒氣難以遏止，死死盯著她瞧。

一瞬寂靜。

「不要用這種眼神瞪我啊。」她語調輕悠，揚唇一笑：「我之所以來，並非為了打攪諸位，而是想加入你們的。」

這句話乍一聽似乎沒太大問題，謝鏡辭卻清清楚楚地聽到，耳邊傳來系統「噗嗤」一聲笑。

謝鏡辭有理由懷疑，在這種千鈞一髮的時候天降臺詞，有很大機率是它故意做的妖。

作為綠茶人設的經典語錄之一，這句話可謂茶界經久不衰的龍井普洱，然而別人加入的是家庭，她加入的是什麼。

打群架。

謝鏡辭：「……」

這不是綠茶，是地溝油啊。

溫妙柔從驚愕中緩過神來，急切揚聲道：「胡鬧，妳來這裡做什麼！」

「樓裡的孩子，他們都在等妳回家。」持刀的年輕姑娘沉默片刻，轉頭望她一眼，嘴角勾出一抹極溫和的笑：「有個女孩對我說，臨走前留下的那封信，她想聽妳親口念出來——若不是他們一路催促，我也不會來得這麼快，好不容易能趕上，實在幸運。」

溫妙柔無言愣住。

修為小有所成後，她學付潮生那樣，收留了許多無家可歸的小孩。

她心知自己倒楣透頂，對此不抱任何期望，唯一能做的，就是送給那些孩子一點點運氣，不讓他們像自己一樣倒楣。

今夜卻是他們送給她一份好運。

久違了許多許多年的……好運氣。

謝鏡辭沒再出聲，轉身面向渾身是血的江屠，手中長刀寒芒繚繞。

雪花從傾頽的屋頂靜悄悄往下落，頃刻之間便被斬碎成片片碎屑。洶湧靈力有如天河倒流，瞬間向四面八方鋪展，爆發出悠長低沉的嗡鳴。

謝鏡辭：「來，拔刀。」

第六章　斬寒霜

頭一回與江屠正面接觸，眼看男人的雙眸血，謝鏡辭感受到他周身散發出的強烈威壓。

她是金丹，對方則到了元嬰期，兩人之間相差一個大境界——

不過對於以殺伐至上的刀修與劍修而言，越級殺人，並非絕無可能發生的。

更何況如今的江屠被溫妙柔、周慎二人圍攻，雖然占了上風，但在兩大高手的夾擊之下，還是不可避免地身受重傷，靈力儲備亦是大不如從前。

打個比方，他就像是一頭瀕臨暴走的殘血怪，雖然怒不可遏，攻擊力很可能因此凶殘許多，但與此同時，也變得更容易被擊敗。

即便是修為弱了他一個大境界的謝鏡辭……說不定也能擁有將其斬殺的機會。

她務必小心，絕不能輕敵。

「小兔崽子，不知道天高地厚。」

江屠身形高大，臨近八尺，如同一座屹立在前的山巒，和戀愛話本裡的冷峻總裁霸道王爺們一樣，擁有同一張冷峻俊美的臉。

五官輪廓工整深邃，劍眉入鬢、鼻梁高挺，雙眼裡是深不見底的暗，被狂長的血絲一纏，顯出野獸般暴戾的殺氣。

他語帶不屑，身側的刀上和地上都是血跡，淡淡睨她一眼，發出輕蔑冷哼。

金丹期的小修士，細皮嫩肉，很明顯是有錢人家嬌生慣養出來的子弟，想來是習慣了被誇得天花亂墜，對自己沒有清醒的認知，非要趟這道渾水。

她能挺過多久，兩刀、三刀還是四刀？

無論如何，她都註定活不過今晚，哪怕他已經有些體力不支。

拿刀切菜，還要什麼體力。

江屠沒有絲毫憐香惜玉的心思，在一聲冷笑後彎刀一震，猛地劃破疾風。

謝鏡辭面色微沉，拔刀應敵。

江屠的確很強。

身為蕪城之主，他的每一次進攻都攜帶著濃郁血氣，動作快到能讓尋常修士目不暇給，幾乎與風融為一體。

更何況鬼域之中蘊養著魔氣，對於魔修而言大有裨益。

因為被打斷興致怒火中燒，江屠體內的魔氣如同黑霧四散，整具身體籠上一層不詳氣息，伴隨著刀光襲來時，如同利刃般齊齊往下壓。

僅在一瞬之間，江屠就占據了戰局上風。

雖然如此，男人眼底還是不自覺露出幾分驚訝之色。

他的侵襲如排山倒海，謝鏡辭身法迅捷得不可思議，在魔氣發起突襲的剎那，竟同樣於頃刻之間側身一晃，有驚無險地避開。

……有意思。

她的年紀絕不會太大，卻已有了此等修為，看這身法，更是有令人驚嘆的天賦。

今日他們二人結了仇，萬一讓她活得更久一些，等修為追趕上他的時候——

江屠不會允許那樣的事情發生。

他在今夜就會把她處決掉。

彎刀裹挾著煞氣而來，比之前的力道更為猛烈，謝鏡辭吃力地接下這一擊，看出江屠認了真。

無數凜冽氣勁為他所驅使，以江屠身體為中心，疾風伴隨著白芒，瞬間席捲整個大堂，冷不防地飛刺而來。

謝鏡辭以靈力護住命脈，揚刀去擋，奈何白風又細又密集，全力抵擋之下，還是被其中幾道刺破了皮膚。

「只不過是個黃毛丫頭，還真把自己當成什麼人物了？」

修為的壓制再明顯不過，男人見狀哈哈大笑，加劇手頭攻勢。

刀與刀之間的碰撞令人眼花繚亂，謝鏡辭的鬼哭乃是傳世名器，江屠一眼看出此物不凡，笑聲更大：「妳這把刀倒是不錯，只可惜，很快就會變成我的——付潮生的刀也不錯，如今仍被我珍藏在書房裡呢。」

聽見付潮生的名字，頹然倒在地上的溫妙柔與周慎皆是眸光一沉。

江屠洋洋得意地說，然而不消多時，嘴角笑意逐漸凝固下來。

對手的實力比他想像中要強。

遠遠強上很多。

謝鏡辭雖然處在被動的一方，卻並未被節節壓制，反而在有些時候，能將他逼得不得不後退。

她身法詭譎，刀術亦是精妙非常、捉摸不透，遠超出江屠見過的。

因為無跡可尋，也導致難以勘破，不知如何去擋。

——這到底是什麼人？

戰況愈發激烈，周遭門窗房檐受了波及，在刀光劍影中頹然坍塌，在下落之際，被攪碎成紛飛的碎渣。

江屠決定速戰速決。

魔氣再度凝聚，濃郁得有如實體，在冰冷月色下，好似伺機而動的幽冥煉獄。

他已經厭煩了與小輩貓捉老鼠般你來我往的遊戲，再加上體內氣力所剩無幾，拖延不得，欲要一擊制勝。

謝鏡辭看出對方的用意，深吸一口氣。

她只有一刀的機會。

要麼生，要麼死。

多虧小世界裡的無數大風大浪，此時九死一生危在旦夕，她卻出乎意料的並未感到恐懼，任由腦海中思緒浮現，一步步抽絲剝繭。

付潮生不是魯莽之輩。

既然下定決心要刺殺江屠，那他必然會做好萬全的準備，倘若沒有勝算，絕不可能孤身前往。

他覺得自己會贏。

可兩人修為相似，同樣身為魔修，又都是用刀，付潮生這麼想的依據何在？

他和江屠之間唯一的差別……

謝鏡辭再度擋下一擊，心下微動，想起第一次遇見溫妙柔時，兩人的對話。

「付潮生最常用的刀法是？」

「斬寒霜。」

他和江屠之間唯一的差別，在於兩人用的刀法截然不同。

付潮生身形瘦弱矮小，與尋常刀修大不相同，之所以回回都能殺出重圍，多虧一招他自創的刀法。

名曰斬寒霜。

以地上之刀，斬斷天邊霜雪，名副其實的……以弱制強。

她終於明白，當時一行人在玄武境裡，付南星被莫霄陽笑稱「力氣太小用不慣刀劍」，當他借了鬼哭一通揮舞時，明明是從未見過的笨拙動作，謝鏡辭卻莫名覺得眼熟的原因。

當年她年歲尚小，於鬼塚途遭驚變，千鈞一髮之際，斬斷重重黑霧、立於她身前的青年，手中便是相似的動作。

那是付潮生的刀法。

謝鏡辭曾嘗試模仿還原，奈何當年記憶模糊，她一番操作猛如虎，到頭來什麼也沒弄成。

直到此刻，她終於恍然意識到，付南星的動作……與那段記憶巧妙重合了。

付潮生離開的時候，他還只是個不諳世事的幼童，與父親朝夕相處，腦海裡殘留了關於他練劍時的影像。

碰巧，斬寒霜是付潮生最喜歡，也最常用的一招。

當日付南星急於挽回顏面，特地將其從記憶裡挖出，展現在眾人面前。

許許多多紛亂凌散的記憶，以及所有看似毫不重疊的線，在這一瞬間有了交集。

那個在十五年前就陷入沉眠的人，彷彿踏過雪夜寒霜，終於來到她身旁。

江屠的刀裹挾著千鈞之力沉沉落下，他勢在必得，卻見面前的女修直刀一晃，斬落片片雪花，迎著冷月清輝，劃出一道弧度。

剎那之際，男人的雙瞳猛然震顫。

十五年前，他雖設下計策，將付潮生引入荒郊，但江屠心高氣傲，還是與後者比了一場。

那個刀客雙目如火，帶著凌厲殺氣重創他時，用的就是與眼前女修如出一轍的動作。

同樣夜色深沉、霜雪加身，他竟在決戰之際出現一瞬怔忪，恍惚間，彷彿又見到那個持刀而立的青年。

這是……付潮生打敗他時用的刀法。

刀鋒銳利，冷光森然，謝鏡辭眼中的濃烈殺意裡，浮起一抹清淺幽光。

看好了，付潮生。

這是你的——下剋上。

鬼哭破風驟起，長刀如龍，紛亂繁複的影子斬斷層層白霜。

一刀霜寒起，幽然魍魎生。雪意迢迢，刀意亦是迢迢，但見雪色生輝，有如蟾宮月下，亮芒四起。

江屠眼底的錯愕還沒消去，便被無窮盡的痛苦籠罩。

謝鏡辭身形有如鬼魅，以靈力破開魔氣，刀刃沒入他的腹部，在冰冷透骨的空氣裡，鐵鏽味瀰漫開。

他敗了。

這種事……怎麼可能。

高大如山的男人雙目茫然，定定望著眼前身形纖弱的年輕女修。

的女人……

她年紀才多大，他怎麼可能輸在這種小輩手上，全是因為周慎和那個不知從哪裡冒出來

沒錯，全都是因為他們！

江屠本就被那二人所傷，成了瀕臨絕境的困獸，此刻又受到謝鏡辭這毫不留情的一刀，強撐出的魔氣頹然如山倒，狼狽消散殆盡。

他只覺得好疼。

「今夜一戰，是我敗了。」他勉強勾出冷笑，試圖挽留自己所剩無幾的威嚴：「可你們如此恨我有什麼用？我知道諸位想為付潮生報仇，但分明是他拋棄所有人，去外界享福，這和我有什麼——」

他能屈能伸，早就在心裡打好了算盤。

這群人無論如何都找不到付潮生在哪，只要他矢口否認殺害他，沒有任何證據能威脅到他。

這樣一來，反倒成了這夥人在無理取鬧。

然而話沒說完，謝鏡辭刺在他小腹的長刀陡然發力，捅得更深，與此同時靈力層層爆開，毫不留情地碾在他血管中。

本就岌岌可危的筋脈，被震得粉碎。

江屠疼得吐出一口鮮血，連最簡單的站立都做不到，痛苦地蜷縮在地。

……他都已經認輸休戰，這女人怎能如此不講武德！

他在心底破口大罵，耳邊傳來她低啞的嗓音：「我們已經找到付潮生了，在城牆那裡。」

江屠身形一頓。

這下他是真的百口莫辯，無路可逃。

「難為你能想出如此陰毒的法子，真令人噁心。」

謝鏡辭毫不掩飾眼底的厭惡之色，拿刀抵住他的喉嚨，欲再開口，聽見門外傳來雜亂的腳步聲。

她猜出來人身分，嗓音很淡：「蕪城的人來了，知道應該怎麼說麼？」

她沒用太大力道，刀尖冷冷閃著光，刺在皮膚上，惹來針扎般的微痛。

江屠被腹部的豁口疼得死去活來，哪裡有心思去思考其他，趕忙顫聲道：「我我我知道！我知道！」

以付南星和聞訊而來的莫霄陽為首，蕪城百姓趕到的時機，比謝鏡辭想像中要早一些——

樓裡的守衛們從未見過如此浩浩蕩蕩的架勢，被越來越多的人潮嚇到懷疑人生，最初還象徵性地抵抗一番，後來實在支撐不下去，乾脆選擇放棄。

更何況頂樓一直傳來房屋坍塌碎裂的聲音，攬月閣彷彿隨時會倒下，為城主打工哪裡有保住小命重要，當務之急是趕緊馬不停蹄地逃。

裴渡體弱，此時修為尚未恢復，不夠馭劍飛行，只能隨其他人一併登樓。

不知道為什麼，明明是謝鏡辭在拿命打架，他的臉色卻比她更加蒼白，見她受了傷，立刻褪下外衫，搭在被劃破幾條裂口的長裙上：「謝小姐——」

「我沒事。」她對此不甚在意，低頭望了地上的江屠一眼：「還記得要說什麼嗎？」

在場的百姓們大多見過付潮生遺體，皆是強忍著怒火站在門口，有幾個脾氣暴躁的，也顧不得去想其他，直接掄起拳頭往這邊走。

江屠被嚇得往謝鏡辭身後一縮：「別別別！停停停！我說，我都說！」

他頓了頓，在沉默片刻後，終於艱澀開口：「是我……」

江屠恨得咬牙切齒，奈何被謝鏡辭拿刀抵著脖子，只得從喉嚨裡嘔出一口鮮血，啞聲繼續道：「是我殺了付潮生。當年我從金武真那裡得來消息，說有個實力超強的刀客會對我下手……我也是迫不得已的！要怪就怪金武真！他才是叛徒，連我都看不起他！呸，那個廢物！」

謝鏡辭不耐煩，手上用力：「別說廢話。」

他只得停下對金武真的辱罵：「他說我很可能打不過那個人，於是我就想了個法子……你們應該都知道了，我在打鬥時突然抽身，破壞圍牆，他沒有辦法，只能拿身體去堵……」

江屠不敢去瞧那些人的視線，捂著肚子上的傷口，突然加重語氣：「我不是個東西，我不是人……我知道我有罪，別、別殺我，成不成？我也是無可奈何，你們想想，城主啊，翬固民心很重要的，總不能任由人造反啊。」

他平日裡趾高氣昂，如今身受重傷、修為大損，態度竟然轉變得如此之快。

不愧是從最底層慢慢爬上去的狠角色，這人真是能屈能伸。

掩埋了十五年的真相，藉著罪魁禍首的口，終於緩緩揭開。

暴怒的民眾們忽然失了聲音，一動也不動站在門前，在長久的靜默裡，有個女人倏地落下眼淚：「你這個混蛋……」

謝鏡辭緩聲道：「付潮生贏了，對不對？」

「……對。」承認這件事，於他而言是種難以言喻的恥辱。

江屠聲音和身體都在顫抖：「我當時被他重創，眼看即將落敗，才……才選擇了那個下下之策。」

等他的嗓音落下，頹圮的樓閣裡，便只剩下被壓抑著的、越來越多的哭聲。

哪怕是最沉默寡言的冷峻漢子，也不由眼眶泛紅。

付潮生贏了。

他是個無往不勝的英雄，自始至終。

「江屠靈力大損，短時間內再無威脅。」

周慎被莫霄陽從地上攙扶著站起，抹去嘴角血跡。

他沒再如往常那般吊兒郎當地笑，眉眼深邃靜默，啞聲道：「付潮生……他在哪兒？」

周慎不似溫妙柔那般，擁有廣闊的情報網，能查出金武真身分存疑。

他在蕪城中舉目無親，唯一關係親近的，只有最好的朋友付潮生。因而當付潮生離奇失蹤、全城瘋傳他向江屠妥協時，周慎茫然四顧，尋不到任何相關的線索。

對於這件事，他對真相始終一無所知，卻也十五年如一日地，堅信著友人。

如同行走在無邊暗夜中的旅人，雖然見不到一絲微光，卻有著一往無前的道路。

周慎早早去了攬月閣，因此並不知道付潮生最後的蹤跡，等謝鏡辭粗略解釋，男人沉默半晌，終是長嘆一口氣，澀然道：「帶我去看看他吧。」

於是一行人再度出發，前往城牆邊。

一併被帶上的還有江屠，百姓們一致堅持，要讓他去城牆謝罪。

一夜之間，有太多事情天翻地覆。

自攬月閣長長的階梯往下時，沒有任何人開口說話，四下皆靜。

「我有一點想不通。」謝鏡辭用傳音問道：「溫姐姐，妳沒有想過，找周館主合作擊潰江屠嗎？」

「周慎那副樣子，看上去就讓人來氣，誰願意跟他提合作啊。」溫妙柔冷哼一聲：「而且我雖然認識付潮生，和他卻陌生。江屠在城裡安插了不知道多少眼線和臥底，如果他是其中之一，我還沒行動，就已經玩完了。」

她說著嘆了口氣：「周慎應該也是出於同等考量。怪他演技太好，瞞過了所有人——而且他和付潮生都是一根筋，出了事總想自己扛，不願拖累身邊的人。當時付潮生之所以獨自前去討伐江屠，就是因為城中沒有金丹以上的修士，帶上普通百姓，肯定會死傷慘重。」

她就是出於這個原因，才沒了命地刻苦修煉，可惜拼盡全力來到元嬰，那個想幫的人，卻早已不見了蹤跡。

感受到溫妙柔周身低沉的氣壓，謝鏡辭沒再說話。

「謝小姐。」在盤旋而下的長梯上，一直跟在她身側的裴渡突然用很小的聲音開口：「抱歉。」

謝鏡辭有些困惑地看他：「你把我放在客棧的小甜糕全偷吃掉了？」

裴渡顯而易見愣了一下。

「……不是。」他低垂著眼，長睫灑下一片鴉羽般的黑，映照在漂亮狹長的鳳眼中，如同泛了漣漪的湖：「我什麼都沒做到。」

曾經為了更加靠近偷偷喜歡的姑娘，裴渡沒日沒夜地拼命練習，心底最大的願望，就是能與她並肩作戰。

那樣的話，她才會願意多看他一眼。

然而當他真正站在謝鏡辭身邊，卻成了什麼都做不了的廢人，還……還讓她以身試險，和江屠拼命。

連他都嫌棄如此沒用的自己。

「誰說你什麼都沒做到的？」

裴渡突然聽見謝鏡辭的聲音。

他側頭望去，看見謝小姐清亮的眼睛。她披著他的外衫，下意識攏緊一些，末了思索著繼續說：「有你陪著已經很好啦。就是，嗯……那句話怎麼說來著。」

裴渡茫然地眨眨眼睛。

「我想起來了。」她瞇眼笑起來，連聲音都浸著笑意，像說著「今天天氣真冷」那樣，用隨性的口吻告訴他：「只要想到你還在等我活著出去，就突然覺得，一定要把他打倒才行——大概就是這種意思吧。」

裴渡怔怔地望著她。

裴渡倉促地移開視線，欲蓋彌彰般，抬手摸了摸耳根。

他這副模樣，應該就是不再在意的意思了吧？

謝鏡辭暗暗鬆了口氣。

她不會安慰人，偏生裴渡的模樣實在可憐，於是胡編亂造，講了這個不怎麼可靠的精神勝利法。

看樣子還挺有效。

可能吧。

出了攬月閣，迎面而來就是一道冷風。

裴渡下意識為她擋下，卻在側身的剎那，聽見再熟悉不過的聲音。

「這是……裴渡？」

謝鏡辭注意到，擋在自己面前的少年瞬間脊背僵硬。

她循聲看去，見到一張陌生的臉。

那是個相貌倜儻的錦衣公子，桃花眼、柳葉眉，身後跟著好幾個侍衛，清一色地齊齊盯著裴渡看。

她不用想就知道這是裴家的人。

看他身後幾名侍衛的陣仗，這位大抵是裴府少爺，裴明川她已經見過，裴渡就在她面前。剩下的，就是那個與母親白婉一起設下計策，嫁禍給裴渡的裴鈺。

裴明川是孬，這位則是澈澈底底的滿肚子壞水，看來裴家還真是一脈相承。

裴鈺比她和裴渡大上許多，因此謝鏡辭在學宮從未見過此人，只隱約聽說，這是個鋒芒畢露的英才。

也正因如此，當風頭被裴渡蓋過，他心底的嫉妒才會前所未有的大。

「真沒想到，你居然到鬼域來了？還真是沒辜負你串通魔族、謀害親兄的惡名——你不會打算今後一直待在這地方吧？」他沒在意裴渡身後陸陸續續走出攬月閣的百姓，只當是與他不熟的陌生人，說著一瞟謝鏡辭：「喲，這位是……你在鬼域的新歡？」

他略微一頓，故作猶豫：「看她的樣子……好像有點狂野啊，帶小姑娘好好打扮打扮吧。」

謝鏡辭今日不停奔波，不久前又與江屠大戰一場，鬢髮有幾分凌亂，臉龐亦是毫無血色。

謝鏡辭呵呵：「是啊，我好笨的，都不會打扮。不像公子你，每天穿得像隻發光的野雞，臉皮這麼厚，沒少往上面塗粉吧，真是好精緻好會打扮啊。」

裴鈺：「妳！」

鬼域畢竟是魔修的地盤，他們人多勢眾，裴鈺不願發生正面衝突，忍下怒氣：「裴渡，整個家族都在尋你，你隨我回去，同父親認錯吧。」

謝鏡辭上前一步：「如果他不願回去呢？」

「請姑娘認清自己幾斤幾兩。」錦衣青年冷聲笑笑：「聽說過蕪城城主江屠的名號嗎？他是我家十五年前的故交，要是負隅頑抗，等他一出手，姑娘恐怕連命都保不了。」

他有靠山在手，蕪城內，誰敢招惹他？

裴鈺說得信誓旦旦，然而不知道是不是錯覺，他總覺得，氣氛似乎出現一瞬間的尷尬。

人群裡，不知是誰噗嗤笑出聲。

「哦，江屠啊。」謝鏡辭指了指身後一團血肉模糊的大紅球：「你是說這個玩意兒嗎？江屠，你說我是幾斤幾兩？」

江屠想秒殺這陌生小子的心都有了。

江屠：「姑娘實屬泰、泰山壓頂……」

謝鏡辭得了滿意的答案，不再去看裴鈺那張懷疑人生的臉，轉頭對身後的人們揚聲道：「大家，這裡有個江屠的同黨欸！」

這個惡毒的女人用了「同黨」，而非常見的「朋友」和「故人」，顯然是要表明，他們兩個都不是什麼好東西。

她的心腸怎能如此歹毒！

「就這？」裴鈺滿臉不敢置信，伸手一指那團紅色不知名類人型物體：「我說的可是蕪城城主江屠……這是他？」

「他倒臺了啊，不到一盞茶的功夫。公子你還真是個報喜鳥。」謝鏡辭挑眉，語氣很淡：「所以你現在要麼乖乖閉嘴，要麼變得跟他一樣，幾斤幾兩啊，就敢在這兒吠。」

裴鈺呆了。

這什麼玩意。

他的靠山呢，他那麼大那麼威猛的靠山呢？江屠你幹了什麼事啊！

而且她身後的那群鬼域修士，他們為何要用如此詭異的眼神看他，簡直窮凶極惡喪心病狂如狼似虎！

裴鈺：「……」

裴鈺：「你、你們別過來啊！」

裴鈺有點懵。

不對，是非常之懵。

面對這群趾高氣昂凶神惡煞的魔域百姓，他如同一朵濯濯而立的清純小白蓮，嘩啦一下，落進萬劫不復的泥潭深淵，真是好可憐，好無助。

三弟裴明川在不久前失蹤，據裴風南推測，他很可能是不慎落入結界夾縫之中，先他們一步入了鬼界。

那小子是個沒什麼用處的廢物，裴鈺一直不大看得起他，兄弟倆的關係更是跟紙糊的沒兩樣。

這次鬼門開啟，裴明川特地在大門旁側等待裴家到來。

聽說他被城裡的惡棍搶盡錢財，面上鼻青臉腫好不狼狽，娘親平日裡雖然不怎麼待見他，但畢竟是親生兒子，見狀心痛難忍，和爹一起帶著裴明川去了醫館。

裴鈺懶得陪他浪費時間，隨意扯了個理由，先行一步來到江屠居住的攬月閣。

娘親說，上一次鬼門開啟時，江屠曾震撼於裴風南的威壓之大，將裴家奉為貴客，並聲稱無論再過多久，只要裴家人來到蕪城，都是當之無愧的座上賓。

蕪城之主啊。

這是多大的一個靠山，一旦得到江屠允許，他在蕪城裡橫走豎走斜著走，有誰能攔他？

直到此刻，裴鈺看看那渾身散發著血腥氣的圓團，又望望面前像是被風暴摧毀過的頹圮高閣，無論是人還是樓，都顯得那麼可憐又滄桑。

打臉來得太快就像龍捲風，面對這群虎視眈眈的刁民，他覺得耳朵有些燙。

「裴渡，你這是執迷不悟。」一番思忖，裴鈺決定轉移話題，繼續向裴渡發難：「與魔物為伍，襲擊我和娘親，此事大逆不道。我原本還能幫你說上幾句話，但如若再有忤逆，惹怒了爹，到那時，恐怕連我都愛莫能助。」

哇，好噁心。

謝鏡辭在心裡朝他狂翻白眼。

裴鈺心術不正，卻最擅長披著正人君子的皮，作為陷害裴渡的罪魁禍首之一，居然還恬不知恥地在這裡裝好人，談什麼「愛莫能助」。

真是臉皮比千層餅還厚，不拿去當城牆，簡直暴殄天物。

她剛要出言回嗆，沒想到響起另一道聲音：「裴渡？」

這道男音低沉渾厚，帶著股不怒自威的壓迫力，謝鏡辭聽出來人身分，一轉眼，果然望見裴家家主裴風南。

站在他身邊的，還有主母白婉與裴明川。

魑魅魍魎一鍋端，全來了。

不過也好，與其讓裴渡和這家讓人不開心的傻子反覆糾纏，倒不如趁此機會，把話放在明面上攤開說清楚。

裴風南沒料到會在鬼域見到裴渡，視線稍稍往他身旁一晃，眼底溢出幾分訝然之色：

「這是……謝小姐？妳的傷勢如何了？」

白婉眸光一沉。

「裴伯父。」謝鏡辭朝他點頭致意：「我身體已無大礙，無須擔心。」她稍作停頓，唇邊噙著禮貌又溫和的笑，語氣卻是不容置喙：「我此番來鬼域，是為了帶裴渡回謝家療傷。」

「謝小姐，妳恐怕有所不知。」半路殺出個程咬金，打亂了所有計劃。白婉心亂如麻，面上卻是笑意吟吟：「裴渡為謀取家主之位，在鬼塚對我與鈺兒痛下殺手，正因如此，才會被風南擊落下懸崖——此等小人不值得謝小姐費心照料，將他交給我們裴家便是。」

裴風南亦道：「孽子心魔深種，還需回裴府審訊一番。」

他說罷皺了眉頭，似是明白什麼，再度開口：「謝小姐不必拘泥於未婚妻的身分。如今出了此等醜事，讓妳與裴渡立即解除婚約，也未嘗不可。」

能交給他們才怪。

謝鏡辭只想冷笑。

裴渡好不容易補上幾條經脈，身上傷口也在逐漸癒合，要是跟著這群人回到裴家，恐怕會受到更加嚴厲的責罰。

陷害裴渡只是第一步，白婉既然下定心思要整垮他，接下來必定還會有動作。裴風南又是個一根筋的傻瓜蛋，被她的枕邊風一吹，不曉得會幹出什麼事情來。

在修真界裡，按照慣例……

心術不正、為非作惡者，要麼被當場處死，要麼廢盡修為、剔除仙骨，從此斷絕仙緣，再無修煉的可能。

無論哪一種，都是她不願見到的。

裴風南說完話時，謝鏡辭能感受到裴渡身旁氣息驟亂。

他一定也不想跟這群人回裴家。

「我並非因為與裴渡訂下婚約，才特地來鬼塚尋他。」

與他們對峙的男男女女面色凝重，望向裴渡，眸中皆是毫不遮掩的厭棄與鄙夷。

身旁的少年靜默無言，與她視線短暫相交時，難堪地垂下眼睫。

直到這個時候，謝鏡辭才頭一回真真切切意識到，裴渡身邊已經什麼都不剩了。

沒有修為、沒有去處，甚至連最為親密的家人，都站在他的對立面，彼此間看似距離不遠，實則隔了道不可跨越的鴻溝。

願意站在他身邊的，似乎只剩下她了。

「未婚夫妻不過是個名頭，之所以幫他，只因為他是裴渡。」謝鏡辭說得不緊不慢，末了微微揚起下巴：「無論有沒有婚約，只要是他，我都會來。」

不遠處的裴家人皆是愣住。

「妳……妳當真是謝鏡辭？」白婉竭力保持唇邊的弧度：「我分明聽說，謝家那位小姐不曾親近裴渡，若不是她娘執意要——」

「我多矜持害羞啊。有句話沒聽過嗎奶奶，『愛在心裡口難開』。」她一邊說，一邊拉起裴渡袖口，笑意吟吟：「裴渡哥哥模樣俊俏，又是難得一遇的劍道天才，我對他一見鍾情，哪有不願親近的道理？」

「矜持害羞」這四個字，不管怎麼看，都與拿著把大刀狂砍的謝鏡辭沾不上邊，可謂是教科書級別的睜眼說瞎話。

更何況，這丫頭還叫她「奶奶」。

雖然單論年齡，白婉當她奶奶還有很大的剩餘，稱作「老祖宗」都不為過，但有哪個女人心甘情願接受這樣的稱呼。

她聽完氣不打一處來，礙於長輩的身分，只能含笑表現得並不在意。

眼看那壞女人變成假笑奶奶，謝鏡辭神清氣爽，悄悄給裴渡使了個得意洋洋的眼神。就很舒服。

她今日夠給面子吧。

「至於你們說的『回府審訊』，在我看來簡直是無稽之談。」她迎著裴風南威嚴十足的目光，斬釘截鐵：「他既是無罪，又何來『審訊』一說？」

「無罪？」裴鈺冷笑一聲，仍是端著副儒雅公子哥的模樣：「他勾結邪魔，傷及我和娘親，如果這也能算是無罪，那在謝小姐眼裡，又有什麼是有罪的？」

這回沒輪到謝鏡辭開口講話。

在她像一隻常勝大公雞那樣，打算昂著頭出聲時，鼻尖掠過一抹清冷藥香。

她聽見裴渡的低語：「謝小姐，此事不必勞煩妳。」

與謝鏡辭很有反派風格的鋒芒畢露不同，裴渡神色淡淡，並未表露太多表情。

其實他的長相偏清冷，加之高挑瘦削、身姿挺拔，學宮裡的女孩們提起他時，都說這人像極皚皚雪峰上的一把長劍，只可遠觀不可褻玩焉。

與他相處的這段時日，見慣裴渡時常安靜乖巧的模樣，謝鏡辭已經快要忘了這個評價，直到此刻，才猛覺心頭一動。

「既然我的解釋可以是一面之詞，那他們口中的話，又怎麼不可以是早有預謀、狼狽為奸。」

裴渡瞳光幽暗，清洌聲線裡夾雜了微弱的啞，如同深冬水流激石，冷意泠然。

「其一，倘若我當真圖謀不軌，怎會選擇在開闊之地親自動手，還召集源源不絕的魔物群起而攻之？為了儘快被旁人察覺麼？」

裴風南眉頭擰得更深。

「其二，倘若我當真與魔物串通，理應能控制魔氣，怎會被魔氣趁虛而入，喪失心智？為了大張旗鼓地告訴所有人，我入魔了麼？」

不等裴風南開口，便被裴渡沉聲打斷：「其三，莫非無人覺得，那日的一切太過巧合？

先是裴鈺不明緣由地失蹤，當所有人趕到崖邊，又恰好見到最關鍵的場面——難道不奇怪嗎？」

這種有理有據的闡述，要比謝鏡辭的大公雞打鳴有用許多。

他這段話一出，只要裴風南不是白癡，就應該能立馬明白，自己的妻子和親兒子不太對勁。

好在他不是真的白癡，聞言神色稍沉，不著痕跡地望裴鈺一眼。

「胡說。」白婉終於收斂起笑意：「不過是狡辯之詞。當時情形千鈞一髮，我怎麼可能用自己和兒子的命當作賭注。裴渡，這些年來我可待你不薄，如此恩將仇報，也不怕遭天譴嗎？」

雙方一時間僵持不下。

「這件事找不到證據，雙方又各執一詞，既然沒辦法立下結論，不如暫且緩一緩。」謝鏡辭道：「更何況，裴伯父的那一掌令他修為盡失、負傷累累，反觀那兩位可憐的『受害人』，身上一道傷也沒有——裴渡受的罰，理應足夠了。」

白婉眸色漸深。

「裴伯父當日說過，裴渡叛入魔道，今後不再是裴家之子；後來發的搜捕令，要求也是『不論生死』，說明你那一掌的確動了殺心，覺得他必死無疑，欠裴府的這一條命，也算是還了。」她說著挑眉，音量雖輕，卻字字清晰可辨：「既然裴渡已經與裴家再無關聯，那我帶走他，又有什麼不對？」

裴風南眉心一跳。

當時那麼多雙眼睛盯著瞧，「逐出裴家」這四個字，的確是他為挽回裴家顏面，氣急敗壞之下親口所說。

「妳——」

裴鈺被她說得啞口無言，氣到渾身緊繃，只堪堪吐出這個字，就不知應該如何往下。

「我還真是頭一回聽說，有誰設了陰謀詭計殺人，結果被害的人啥事沒有，他自己反而弄得這麼狼狽。」

謝鏡辭身後跟了不少蕪城百姓，聽罷方才對話，大概知道了事情的經過。

她擊敗江屠，他們本來就無條件站在謝鏡辭這一邊，這會兒聽出裴渡是遭人陷害，紛紛用嘲諷的語氣，七嘴八舌地開口。

「對對對，還在開闊之地群起而攻，真有人會這麼幹嗎？真當做壞事不用腦子啊。」

「廢了人家修為和半條命，還『生死不論』……這分明就是起了置他於死地的念頭，能幹出這種事，誰還敢跟他們回去啊？」

「這兩位是蕪城的恩人，品性如何，我們再清楚不過。諸位若是想動他們，我們不會應允。」

裴風南只覺得胸口發悶，眼角一抽。

他知道，今日必然帶不走裴渡了。

這群愚民聽風就是雨，全部一邊倒地相信裴渡，一旦在這裡強行將他帶走，裴家的名聲就算是完了。

作為一個直來直往、一心堅守正道的修士，裴風南視名聲如性命。

再者……正如謝鏡辭所言，他的確沒有任何證據能證明裴渡有罪。聽罷裴渡那番話，不可否認的是，他心底有了些許動搖。

「爹！」裴鈺不服氣：「我們真要放他走？」

「看把他急的。」不知是誰佯裝竊竊私語，實則無比響亮地嗤笑一聲：「說他肚子裡沒裝壞水，我都不信。」

他氣到心梗。

這不是他預想中的畫面。

裴渡理應一無所有，變成一個連行走都艱難的廢物，身旁毫無倚仗，只能在他面前跪地求饒。

可為什麼——

明明已經成了不堪大用的廢人，為什麼還會有雲京謝家相助，甚至連鬼域裡如此之多的百姓，都要毫不猶豫維護他，盡數站在他那一邊？

什麼「恩人」，就他和謝鏡辭那兩個小輩？

簡直荒謬！憑什麼他們受盡簇擁，他卻要被那群魔修百般嘲弄？

「如果沒有別的事宜，我們另有急事，就先行告退了。」謝鏡辭看出裴風南已有動搖，想必察覺到了不對，趁此時機開口：「告辭。」

裴鈺：「你們等……」

他話沒說完，正欲去追，臂膀便覆上了另一隻粗糙寬大的手。

「罷了。」

裴風南黑眸幽深，本是望著裴渡離去的方向，忽然沉默著垂下視線，靜靜與裴鈺四目相對。

再開口時，嗓音已是格外陰沉肅然：「不要讓我發現，你在說謊。」

裴鈺只覺後背猛地一涼。

終於能和那些討人厭的傢伙說再見，謝鏡辭走路都帶風。

等一行人來到城牆邊時，空地上圍滿了密密麻麻的百姓，見到江屠，無一不露出欲將其殺之而後快的厭惡之色。

江屠很自覺地往地上一跪。

周慎一言不發地往前，見到昔日好友面容的剎那，眼眶不受抑制地陡然通紅。

「時間過去太久，破開的洞口又太小，很難將他拉出來。」有個醫者模樣的姑娘細聲細氣道：「城牆唯有金丹以上的修士能破。」

周慎點頭，生滿老繭的手輕輕覆上牆壁，劍氣漸生。

隨著一道道裂痕如藤蔓浮現，磚石化作齏粉墜落，漸漸地，男人的身形露了出來。

「等等……」在填滿整個夜晚的寂靜裡，忽然有人訝然出聲：「你們快看，那是什麼？」

不只他，謝鏡辭同樣一愣。

隆冬的雪光映襯著月色，四下昏暗如潮，然而在那處被破開的洞口中，卻現出一道皎潔溫潤的瑩白色光團。

光團圓潤纖巧，靜靜懸浮在付潮生頭頂之上，好似在無窮黑暗裡，照拂了他十五年的小月亮。

「這是……」有人攜著哭腔，聲音顫抖著小心翼翼地問：「這是……神識成體？」

然後是另一道更為響亮的哭音：「真是神識成體！」

神識成體。

謝鏡辭的心跳，從未這麼快過。

在這片鬼域之中，除了魔修，最多的，便是鬼修。

原由無它，只因籠罩四野的不只魔息，還有死氣。兩相融合之下，對於魂魄的滋養大有裨益，而鬼修，煉的便是魂與神識。

按照常理，人死如燈滅，魂魄會在天地之間悄然消散、不復存在，然而付潮生不同。

謝鏡辭深吸一口氣。

是了……付潮生，他是不同的。

倘若他中途死去，沒有靈力的遺體無法阻擋魔氣侵襲，蕪城百姓同樣會遭殃，因此，在江屠把城牆砌完之前，他必須活著。

城牆閉攏的那一刻，也正是他閉上雙眼的時候。

這樣一來，就導致了前所未有的情況。

已知付潮生死在城牆中，而城牆裡的結界密不透風，魂魄與神識都不可能洩露到外面。

已知結界由大量靈力築成，在城牆中，擁有無比渾厚的靈氣。

又已知，付潮生的神識在如此龐大的靈氣中，靜靜涵養了十五年。

城牆裡封閉的力量，盡數成了他的養料，讓本應脆弱不堪、隨風而散的神識……得以凝聚成型。

就像所有鬼修都會做的那樣。

「鬼、鬼修！」不知是誰一邊哭一邊笑一邊大喊：「咱們這兒誰是鬼修！」

鬼修們一擁而上，差點發生踩踏事故，後來好不容易找到個可靠的，聲稱付潮生神識已經成型，之所以還是圓球形狀，是因為他從未修習鬼道，一竅不通。

若想讓他恢復成尋常的模樣，應該只需讓他們這群鬼修渡力，藉由強大外力，破開枷鎖。

這需要一夜的時間。

於是鬼修們雄赳赳氣昂昂，聚在一起商量對策；周慎與溫妙柔被送去醫館療傷；江屠被迫拿出魔氣解藥，讓鬼域修士們得以離開鬼域，不再依賴魔息。

得知自己還是會被處刑時，江屠的罵聲像是在唱《青藏高原》。

至於謝鏡辭，則是被裴渡送去醫館，經過一番上藥治療，又被他不由分說帶回客棧。

她本來還想守在那群鬼修身邊慢慢等，卻被「謝絕打擾」為由，眼睜睜看著他們帶著小光球進了小屋。

「你說，付潮生是什麼樣的人？」謝鏡辭激動得睡不著覺，拉著他在房裡說話：「明天應該就能看見他了——不過鬼門只開兩天，我們很快得走，好可惜。」

她說話時雙腿一蹬，整個人縮進厚厚的被子裡，裴渡下意識別開視線：「謝小姐，妳受傷後好好休息，我也得回房了。」

看他嗆裴風南時伶牙利嘴的，怎麼一和她說話，就像個呆呆的悶葫蘆。

裴渡不想留，謝鏡辭自然不會多加勉強，只好把滿肚子的話硬生生憋回去，乖乖點頭。

然後在下一瞬，腦袋裡響起系統的聲音。

『大失敗！作為一名優秀的綠茶，怎麼能放棄如此珍貴的單獨相處時間？受傷的心靈需要安撫，受傷的身體更需要慰籍喲——相應場景觸發，請開始妳的綠茶秀！』

謝鏡辭：「……」

雖然這玩意用了例行公事的語氣，但她卻從字裏行間看滿滿的幸災樂禍。

床前的裴渡正欲轉身，她心下一急，抬手拉住他的衣袖，順勢往回一拉：「等等，裴渡——！」

這股力道來得猝不及防。

他的身體並未完全轉過去，整個人毫無防備，謝鏡辭的動作卻是又凶又急，在一剎恍惚裡，裴渡只感覺到身旁掠過的寒風。

身體不受控制往前倒的時候，出於反射，他用手掌撐住床欄，膝蓋則是跪在床沿上，陷進綿軟的被中。

在撲面而來的香氣裡，他看見近在咫尺的、屬於謝小姐的眼睛。

他正將謝小姐……壓在身下。

差一點，就整個人倒在她身上。

裴渡渾身陡然一熱。

「對不住，謝小姐，我——」

他少有如此慌亂的時候，任由耳朵上的火胡亂地燒，腦海裡一團亂麻，只能手腕用力，試圖把身體撐起來。

然而卻失敗了。

謝鏡辭抓著他的那隻手，到現在仍未鬆開。

他猜不透她的用意，心亂如麻。

臥房裡安靜得可怕。

忽然裴渡聽見她的聲音，自他身下而來，微微弱弱，如同貓的呢喃：「……疼。」

一個字，就足以讓他的耳朵轟然炸開。

耳邊充斥著謝小姐平緩的呼吸。

抓在他手上的那隻手稍稍用力，又輕輕鬆開，軟綿綿搭在臂膀結實的肌肉上，力道的變動好似伸縮不定的小勾，把他的心臟也撩得懸在半空。

謝鏡辭用極低極低的音量對他說：「傷口，很疼。」

謝鏡辭在心底罵了句髒話。

她在撒嬌，而且是對著裴渡。

她死了。

讓她剁碎自己吧。

——所以說怎麼會有這麼羞恥的臺詞啊！裴渡會不會覺得她有病，不，他一定會覺得她有病吧！

虛假的謝鏡辭楚楚可憐，腦袋裡真正的謝鏡辭已經憤怒地滾來滾去，折磨她這具不再乾淨的肉體。

此時的裴渡大腦一片空白。

那兩句話十足簡短，卻將他撩撥得慌亂不堪，在屏息之際，聽她繼續道：「你能……吹一吹嗎?」

謝鏡辭:毀滅吧。

謝鏡辭繼續散發無害的茶香:「你不要多想哦,我沒有別的意思。我只是覺得,不舒服的話……你如果能吹一吹,也許就不會那麼疼了。」

她一邊說,一邊揚起側臉。

在右臉靠近下頜骨的位置,有團被靈力撞出的瘀青。

對話到此結束,謝鏡辭只想流眼淚。

謝天謝地,終於演完了。

綠茶撒嬌裝可憐的力量恐怖如斯,這絕對是她有史以來說過最艱難的臺詞,每一句都尷尬至極,能要她老命。

不幸中的萬幸,以裴渡的性格,百分百會毫不留情地選擇拒絕。

接下來,就等著他義正辭嚴,然後兩人快快樂樂互道晚安,一切皆大歡喜,她窩在被子裡高唱明天是個好日子,想想還有點激動。

謝鏡辭美滋滋地抬眼。

出乎意料的,裴渡沒有任何動作。

直到這時她才發現,在這個姿勢下,他們兩個的距離……似乎有點太近了。

近到連裴渡身上的溫度,都能透過薄薄一層空氣,悄無聲息落到她的皮膚上。

……這個智商看上去時高時低的人，他不會當真了吧。

不會吧不會吧。

謝鏡辭前所未有的慌，試探地出聲：「如果不願意的話，那就算了。」

不對，這樣說，反而像是欲擒故縱。

於是她又補充一句：「我不會生氣或難過的。」

——梅開二度的欲擒故縱。

這樣聽起來簡直就是在說，她肯定會又生氣又難過啊！

「我不是那個意思，我是——」

未出口的話被吞回喉嚨裡。

在謝鏡辭正色解釋的同時，近在咫尺的少年喉結一動，纖長眼睫之下，漆黑的瞳孔晦暗不明。

裴渡的臉真的很漂亮。

他看上去一派清潤的君子之風，手指卻輕輕抬起，距離她越來越近。

不是吧。

謝鏡辭本以為自己會一把推開他。

但她只是呆呆坐在床上，一動也不動。

裴渡的指尖很涼，襯得她的皮膚滾滾發燙。

他觸到了那片瘀青，在短暫的、不經意的接觸後，很快把手指移開，嗓音是輕微的暗啞：「……冒犯了。」

因為太近，他說出的每個字都像電流，倏倏流過耳朵。

謝鏡辭耳朵莫名有點熱。

裴渡用食指將她下巴稍稍往上一勾。

——這臭小子居然勾她下巴！哇真是好得寸進尺！

謝鏡辭刻意別開視線，沒去細看他的臉，因此不會發現，裴渡雖是動作主導者，臉卻比她更紅。

他並非未曾設想過，用指尖觸碰她。

最開始應該是手，再親暱一些，便是謝小姐的面龐，倘若再進一步——

再進一步的事情他不敢去細想，只覺是種玷汙。每每念及，臉上都會發燙，只能低下頭去，不讓他人察覺到。

然而此時此刻，他卻以一條腿跪坐在床沿的姿勢，俯身湊近。

令人臉紅心跳的動作。

有那麼一瞬間，裴渡想將她擁入懷中。

謝小姐那時當著裴家人的面，說對他一見鍾情。

這自然是謊話，可對他而言，卻足以成為讓人高興許久的蜜。只要是她說出的話，無論多麼匪夷所思，裴渡都願意聽從。

只不過是……吹一口氣。

他勾著她的下巴，動作笨拙又生澀，指腹上的繭擦過柔嫩皮膚，好像稍微一用力，就會軟綿綿地塌陷下去。

臥房裡的死寂彷彿永無盡頭。

下頷骨靠近最敏感的脖子，當那股清爽溫順的氣流順勢而下，如同風行水上，蕩開的圈圈漣漪。

每一處皮膚，都無法遏制地顫慄發癢。

謝鏡辭努力保持呼吸平穩，左手下意識拽緊被褥。

偏偏裴渡還一本正經地問她：「謝小姐……還疼嗎？」

謝鏡辭氣成河豚。

謝鏡辭：我覺得你才是典藏版綠茶。

對於裴渡，謝鏡辭看不太懂。

在她這麼多年來的認知裡，裴小少爺一直是遵規守距、矜持得要命的木頭，雖然平日看上去溫溫和和，其實從來與旁人，尤其是異性保持著距離。

在說出系統給的那些臺詞後，她從沒想過裴渡會答應。

但事實是，他不僅未拒絕，甚至還一本正經地照做了。

……裴渡這是被人魂穿了？

不對，看他那張沒什麼表情的臉，會不會是因為在這人眼裡，吹一吹臉算不得什麼大事？

在修真界裡，男女之防並不似人間那樣大，至於身體接觸已是司空見慣的情景。

更何況裴渡是個足不出戶的劍癡，一輩子除了劍還是劍。據修真界的小道消息稱，像他這種人，看到出鞘的劍，能比看到沒穿衣服的女人更興奮。

謝鏡辭當時就覺得，唉，好特立獨行，好變態，好可憐。

如此一想，似乎能解釋得通他為何沒有拒絕——

裴渡碰她，大概跟碰花花草草一類的東西沒什麼兩樣。

也就只有她，僅僅因為被勾了下巴吹氣，便覺得耳朵發燙。

謝鏡辭想拎著這個沒用的自己狠狠捶牆。

「……還成。」她輕咳一聲，竭力不讓表情顯得過於僵硬：「那個，你不必一直保持這個姿勢。」

裴渡神情微頓。

他把全部注意力放在那抹瘀青上，經她提醒才反應過來，兩人此刻的姿勢曖昧又微妙。

——他於上方俯身，用來支撐身體的手臂恰好落在謝鏡辭脖子旁，看上去如同制止她逃離的禁錮。

裴渡又聞到那股清淡幽冷的香，像根無形的手指，輕輕勾在他心上。

少年匆忙從床鋪退開：「抱歉。」

他稍作停頓，忽地眸光一沉：「這幾日多有叨擾……謝小姐救命之恩，裴某必將盡數奉還。」

裴渡突然之間用了如此正經的語氣，謝鏡辭總覺得不太習慣。

她的性子向來直來直往，當即接話道：「說這個做什麼？」

「我——」

他只說了一個字，便蹙眉低下頭，不受控制地輕咳幾下。

凜冬風寒，裴渡本就體弱，又在攬月閣前把衣物披在她身上，想必是在那時受了凍。

謝鏡辭不知怎麼，突然沒頭沒腦地想，像他這種性格，是不是對所有人都這麼好。

「謝小姐舊傷未癒，待得明日離開鬼域，還是先行回雲京療養幾日——倘若一味拼命，於身體不宜。」

裴渡喉音溫潤，在燭光中，平添幾分清凌凌的冷意。

謝鏡辭看見，他朝她極淺極輕地笑了笑。

少年人的眼眸明亮，裴渡一雙鳳眼裡浸了瑩瑩火光，好似夜色幽謐，潭水泠然，一片月色墜下，溫柔得快要溢出來。

然而這抹笑轉瞬即逝，很快不見蹤影。裴渡又恢復了溫和卻疏離的模樣，彷彿方才所見不過幻象。

他繼續道:「在下定不會忘卻這幾日的恩情,至於婚約,謝小姐大可不用在意。既然我已被逐出裴府,兩家之間的約定應當作廢,更何況離開鬼域後,我前路難測,不知會變成何等模樣——」

等等。

謝鏡辭:「等等等等!你幹嘛突然說起這些?」

這種語氣,這種措辭,說得好像他們永生不復再見,下一秒就能高唱「再見了謝小姐,今晚我就要遠航」。

按照他給出的劇本,說不定還能響一響裴渡的葬歌。

「什麼叫『離開鬼域前路難測』——」趁他因這個毫無徵兆的打斷微微愣住,謝鏡辭抬眼與裴渡四目相對:「你明日要做的事,不就是乖乖跟我回謝家嗎?」

接下來的一幕堪稱精彩。

謝鏡辭眼睜睜看著床前的裴渡長睫猛地一顫,哪怕他極力克制表情,瞳孔卻還是驟然緊縮起來,向來處變不驚的少年劍修臉上,破天荒出現了類似慌亂與錯愕的神采。

如果裴渡是隻貓,此時一定拼命搖晃耳朵和尾巴。

不得不承認,他的這副表情讓謝鏡辭心情大好,甚至腦海裡閃過了某個非常惡趣味的念頭——等帶著裴渡回家,說不定能見到他更多有趣的神色。

「我之前沒有告訴你嗎？」謝鏡辭忍下笑意：「莫非你以為我來鬼塚找你，只是一時興起？」

他當然不是這麼想的。

在裴渡的認知裡，謝小姐之所以來這裡找他，是為了解除那一紙婚約。

在學宮裡，他們二人之間的接觸少得可憐，關係連普通朋友都算不上，謝小姐能來鬼域拉他一把，讓他不至於在無名小卒手中屈辱死去，已經是最大的仁慈。

後來她說起療傷，也偶爾提起謝家，裴渡都只是安靜地聽，當她一時間來了興致，不敢心存任何奢求。

連生活這麼多年的「家人」都能輕而易舉將他拋棄，於謝小姐而言，更是沒有把他這個累贅帶在身邊的理由。

以他如今的情況，任何希望都是奢望。

可謝小姐她方才說……

真是個木頭腦袋。

謝鏡辭只想徒手掰開他的後腦勺，看看裡面裝的都是什麼東西。

「難道你不願去嗎？」她心裡早就在瘋狂咆哮，面上卻是憂傷惆悵的模樣，語調悠長，可謂做作至極：「好可惜，如果你能同我回家，我一定會很開心。昨夜我還滿心歡喜地想，該如何向你介紹我爹和我娘，帶著你去吃哪些我最愛的點心——原來一切都是我在自作多情。」

謝鏡辭說得沉醉，眼看裴渡微張了口卻不知如何辯解，強忍住笑出聲的衝動，繼續道：「沒關係，你不用自責。我沒有傷心，只是覺得……有一點點難過而已。一切都怪我，是我不夠好，沒能讓裴公子信服。」

啊，綠茶，好香，真香，太香了。

在小世界裡的記憶逐漸湧上心頭，謝鏡辭即興發揮，臺詞張口就來，不由得感嘆，這真是一門神奇有效的手段。

將委屈放大十倍百倍，刻意展現在他人眼前，與此同時，再顯露出強撐般的倔強，說出那句屢試不爽的傳世名言：都怪我。

像裴渡這種呆呆的鵝，轉瞬之間就能掉進網裡，被茶香薰得心智全無。

正如她所料，裴渡聞言果然皺了眉，連一貫冷如白玉的側臉上，都隱隱顯出狼狽的紅。

他想要解釋，卻笨拙得不知應該如何開口，只得垂下長睫，暗著眸子道：「謝小姐，我——」

房間裡靜默了一瞬。

裴渡低著頭，終於放下所有自尊，啞聲告訴她：「如今的我是個麻煩……恐怕無法與謝小姐相配。」

他不想親口承認這句話，哪怕一直心知肚明。

好像只要一說出來，謝小姐就真的會離他而去，去往越來越遠、遙不可及的地方。

月色破窗而入，少年清雋的面龐被映出瓷器般的冷白。

謝小姐一直沒應答，他一顆心懸在半空，好似正在經歷一場漫長的淩遲，被小刀一點點切割，每分每秒都是煎熬。

忽然他聽見謝鏡辭的嗓音：「……你過來。」

她停頓須臾，加強語氣：「低頭。」

裴渡不明所以，只能依言再度俯身，腦袋垂落的刹那，有股風從頭頂掠過。

有什麼東西落在他頭上，輕輕揉了揉。

「誰說你是麻煩。」

姑娘的手纖細柔軟，拂過他髮間，帶來有些癢的、從未有過的奇妙感受。

謝鏡辭說：「你沒有做錯任何事，無論如何都怪不到你頭上去，那群心術不正之人，他們才是麻煩——你會成為修真界裡最厲害的劍修啊，其他人羨慕崇拜都來不及，幹嘛要妄自菲薄。」

她說罷遲疑片刻，語氣彆扭又生澀，卻也有認真的溫柔：「想和我一起回家嗎？」

她沒有刻意說「謝家」。

「回家」這樣的字眼，聽起來就像是……那地方屬於他們兩個人。

堵在心口許久的那塊巨石，在此刻裂開了一道痕。

旋即裂痕如蛛網般擴散蔓延，當巨石碎開的剎那，少年漆黑黯淡的眼底，溢出久違的笑意。

裴渡說：「好。」

今夜發生的一切恍如夢境，直到與謝鏡辭告別，從她房中離開的時候，裴渡都覺得腦袋發懵。

可無論如何，他都是打從心底裡覺得欣喜的。

裴渡一邊迷迷糊糊往前走，一邊抬起手來，摸了摸頭頂。

自己摸的時候沒有任何感覺，然而一旦伸手的那個人是謝小姐，每根頭髮都像被通了薄薄的電流，裴渡並不討厭那種感覺。

……好開心。

被她接納也是，摸頭也是，都是令人感到開心的事情。

他的臥房就在謝鏡辭的左邊，裴渡心緒不寧，連從懷裡掏出鑰匙的動作都格外緩慢，還沒來得及抿唇掩蓋嘴角笑意，就聽見有人問了聲：「開心嗎？」

他沒做多想，回答全憑反射：「開心。」

答完了，才意識到不對勁。

裴渡指尖僵住，迅速轉頭。

謝小姐正勾著唇倚在門邊上，滿眼的笑意幾乎掩飾不住，從圓潤黑瞳溢出來，散落在長廊黃澄澄的燭光中。

裴渡：「……」

裴渡腦袋轟地炸開，熱氣來勢洶洶，轉眼便席捲渾身經脈，燙得他耳根血紅。

她在那裡站了多久？

謝小姐是不是見到他像傻瓜似的摸自己腦袋，還……還在一個人獨處的時候，莫名其妙地咧嘴笑？

又或許，她已經察覺了他的心思——

裴渡：「……」

裴渡臉上就差直接寫上「欲蓋彌彰」這四個大字，動作僵硬地再度摸上頭頂，對著謝鏡辭的眼睛說：「今日，頭有些疼。」

他不擅長撒謊，一邊說一邊組織語言：「謝小姐還不休息嗎？嘶——」

這是個表達疼痛的語氣詞，被裴渡念出來時，嘴角也順勢一勾，表明他並非在笑，而是被疼到咧嘴。

演完了才意識過來，這分明就是個怕疼怕癢的廢物形象。

倚靠在門上的姑娘不知有沒有被這段拙劣的獨角戲糊弄過去，直勾勾與他對視一會兒，終是噗嗤笑出了聲。

「開心就好，等到明日，說不定你會更高興。」謝鏡辭答非所問，笑著揚了眉：「如果我沒記錯的話，我爹和我娘，他們都挺喜歡你的。」

謝鏡辭第二天醒得很早，打開房門的時候，恰好撞上裴渡。

她對付潮生的事情很上心，風風火火趕到鬼修們所在的院前，還沒踏入院門，就得知了一個消息。

付潮生已經醒了。

謝鏡辭是重創江屠的功臣，圍在院中的修士見到她來，不約而同讓出一條道路。

謝鏡辭能一眼就見到付潮生。

他的模樣與記憶裡如出一轍，身形瘦削，相貌清朗，笑起來的時候，頰邊有一對小小的酒窩。

當她一步步靠近，曾在腦海中勾勒的面孔逐漸清晰，如同繪墨成真。

男人也注意到她。

「這就是謝姑娘與裴公子。」周慎被繃帶纏成了修真版木乃伊，見到他們，只能轉動脖子打招呼：「謝姑娘一直想見見你，聽說當年在鬼塚，是你救了她的命。」

謝鏡辭狂點頭。

在來鬼域之前，她對於付潮生與周慎的故事僅僅停留在「感興趣」和「對於救命恩人的感恩」這個層面，直到一層層揭開當年的真相，心裡湧動的情緒才蛻變成敬佩。

謝鏡辭性格差勁，踌得能上天，很少打從心裡敬佩某個人。

「聽說謝姑娘僅憑南星的一招半式，和記憶裡的零星片段，就使出了斬寒霜。」付潮生彎眼笑笑，眉眼變成小月牙：「姑娘是我當之無愧的救命恩人，我自甦醒起，便在期待與謝姑娘見上一面——多謝。」

就知道免不了一通商業互捧。

謝鏡辭很上道地接話：「哪裡。我聽聞斬寒霜的大名許久，前輩年紀輕輕就能自創出此等刀法，實在佩服。」

「一般般，一般般。」付潮生笑得像個不倒翁：「我從小到大，一直堅守著一個信念，遇上瓶頸的時候想想它，就立刻有了做下去的動力。」

出現了！是前輩們的偉大意志！

謝鏡辭在腦袋裡過濾掉滿滿的「拯救世界」、「世界和平」、「守護心愛的女孩」，好奇地問他：「什麼信念？」

付潮生：「我始終告誡自己，千萬要刻苦修煉，否則等人們提及我，只會十足遺憾地說：『付潮生，除了長相迷人外，一無是處的男人』。」

謝鏡辭：「……」

還真是讓人無法拒絕的理由哦。

付潮生前輩，好像和想像的不太一樣。

一旁的裴渡低聲道：「前輩如今身體如何了？」

「我被江屠困在結界中，也算因禍得福。結界中靈力濃郁，我在其中沉睡十五年，神識從而得到十五年的涵養，凝結成實體，不再消散。」他格外愛笑，將身旁的周慎襯得像個一絲不苟的雕塑：「十五年沒日沒夜地修煉，已經達到鬼修中不錯的水準，能將虛體化形，與常人無異——也就是說，當下的我與十五年前其實沒太大差別，橫豎不過拿把刀遊歷八方。」

周慎冷言冷語：「你那叫四處瞎晃。」

「你都比我老十五歲了，脾氣怎麼還是這樣壞？」付潮生咧嘴一笑，抬眼看向謝鏡辭與裴渡：「周慎他平日，有沒有欺負你們這群後輩？」

「周館主人很好的！」謝鏡辭毫不猶豫為他正名：「館主很愛笑，總是樂呵呵的，對每個人都一視同仁——」

說到這裡，她才意識到哪裡不太對。

話本裡的周慎是個沉默高大的劍修，一言不合就不爽。

類似於「愛笑」、「樂呵呵」一類的形容詞，大多數時候，都出現在關於付潮生的描述裡。

「喲，看不出來，你還能樂呵呵？」付潮生拿胳膊撞撞他手臂：「男大十八變啊周慎。」

周慎直接給了他腦袋一拳。

「說起來，今日怎麼不見溫妙柔的影子？」有人好奇開口：「她不是一直對付潮生的事情很上心嗎？」

「溫妙柔從西市跑到東市，把所有衣鋪都翻爛了。」另一人嘖嘖道：「女人真是可怕。不過看時間，她應該也快折騰完了，說不定馬上就能——」

他話音未落，院子門前果然有了新的動靜。

時隔多年好不容易見到付潮生，溫妙柔必然要好好打扮一番。謝鏡辭心下好奇，隨著其他人一同轉過頭去。

然後在視線後移後，頭皮一陣發麻，整個人澈底愣住。

來者並非溫妙柔，而是一男一女兩名修士。

男人高大健碩，肌肉如同起伏的緊實小丘，劍眉入鬢、五官硬朗，全身上下盡是生人勿近的煞氣。

立於他身側的女修則身形纖弱、容貌嬌美，青絲被粗略挽在一起，中央斜斜插著把鑲了顆小白珠的木簪，細長的柳葉眼輕輕一掃，與謝鏡辭在半空中相撞。

一時間殺氣大盛。

裴渡垂頭瞧她：「謝小姐……」

謝鏡辭暗自咬牙。

謝鏡辭換上滿面春風的笑，倏地迎上前去：「爹爹、娘親！你們怎麼來了？我真是想死二位啦！」

來人正是她爹謝疏，以及她娘雲朝顏。

這是官方解釋。

用更加真實一點的話來講，是他們家至高無上的女暴君，和女暴君身邊的哈士奇。

滿臉凶相的男人眉目舒展，讓人不得不懷疑，他的下一句臺詞是「把這群人拖出去餵狗」。

但謝疏只是憨笑著道：「爹也想妳！丫頭，妳是何時醒來的？我和妳娘都很擔心。妳傷勢未癒，獨自來鬼域做什麼？就算要來，也應當叫上一些侍衛、丫鬟，要是出了事可怎麼辦？」

雲朝顏半瞇著眼睛看他。

謝疏乖乖閉上嘴，比了個抹脖子的動作，用口型悄悄對謝鏡辭道：「危──」

「娘換了新簪子啊！」帶著傷一聲不吭偷跑出家，還被家人當場抓包，謝鏡辭百口莫辯，只能試圖討好暴君，做個進獻讒言的狗官：「漂亮，真美！」

謝疏「嘿嘿」笑著邀功：「我親手做的，中央那顆珠子是瓊州雪靈玉，幾千年才能逢上一顆。」

「小珠配妻，小珠配妻，不錯不錯。」她誇得失了智，末了才試探性問道：「二位怎會來這兒？」

「這個問題，應該我們問妳。」雲朝顏嗓音清越，帶著顯而易見的怒意：「說什麼『外出散心』，若不是我們見妳一夜未歸，四處尋人詢問線索，恐怕到現在都不知情——妳說妳，之前貪玩也就罷了，如今這麼大的節骨眼，鬼域裡能有多重要的事，讓妳一刻都沒留在家，馬不停蹄趕來這——」

她的聲音忽然停下。

謝疏循著妻子視線看去，嘴角下意識浮起不可言說的笑容。

雲朝顏遲疑一刹：「這是……小渡？」

「真是啊！你們怎麼會在一塊兒？」謝疏譃譃：「哦——莫非丫頭之所以一刻沒在家裡留，馬不停蹄趕來這，就是為了——哎喲——」

他把每個字拖得老長，故意沒說完後面的話，一副「懂的都懂」的欠揍樣，末了，又朝裴渡朗聲笑笑：「小渡，還記得我是誰嗎？」

謝鏡辭：「……」

雖然理論上來講，她的確是為了裴渡而來。

但你的這種語氣非常不對勁！她的動機明明很純潔！你們這群骯髒的老人，一定想到了奇奇怪怪的東西！

謝鏡辭快要抓狂，一旁的裴渡同樣緊張。

他永遠忘不了第一次見到這二位時的情景，堪稱一輩子難以忘卻的黑歷史。

那時他並不知曉謝小姐家人的模樣，見了這對看上去不過二十出頭的夫妻，理所當然叫了聲「大哥大姐」。

結果謝疏猛地一拍他肩頭：「我們來學宮找女兒，她叫謝鏡辭，不知小老弟可曾見過？」——一躍成為謝小姐的小叔叔，裴渡當時撞牆的心都有了。

這回他定要吸取教訓，在謝小姐家人心裡留下好印象。

……那應該叫什麼來著？

叔叔還是伯伯？這兩者之間有什麼差別麼？除此之外，還有沒有更加通用的叫法？或是和往常一樣，稱他為「劍尊」？

總而言之，無論如何，絕不能再脫口而出「大哥」那樣逾矩的稱謂，得用稱呼老一輩的方式。

謝疏滿懷期待地望著他，如今的情形已經不容許他多加思考，箭在弦上，不得不發。

通用的老一輩稱呼——

裴渡靈光一現，如同抓住救命稻草：「謝爺爺好。」

謝疏止住笑意，眼底浮起死魚一樣的滄桑。

裴渡：「……」

毀滅吧，死亡吧，讓他殺了他自己吧。

「什麼跟什麼啊。」謝鏡辭差點狂笑出聲：「這是我爹。」

沒錯，劍尊是謝小姐她親爹。

他真是瘋了。

倘若劍尊是他爺爺，謝小姐又算是他的什麼人，娘還是小姨？

裴渡後腦勺嗡嗡作響，憑藉著腦子裡所剩不多的理智，試圖進行最後的補救：「對不起……爹！」

最後那個字一出，整個世界都安靜了。

他能無比清晰地感受到，身旁的謝小姐氣息驟亂，向這邊投來無比驚悚的視線。

他也想向自己投去一個無比驚悚的視線。

裴渡心如死灰，只覺得整個人成了油鍋裡翻騰的大閘蟹，被燙得咕嚕咕嚕冒泡，馬上就能煮熟上桌。

「哎呀，這麼快就宣示主權啦。」謝疏幾乎要笑成一隻面目扭曲的大嘴猴：「小夥子還挺猴急，有我當年那風範了。年輕人嘛，我都懂的，你儘管衝衝衝欸嘿。」

裴渡：不，你不懂。

——《反派未婚妻總在換人設【第一部】妖女、綠茶與霸道總裁？！》（上卷）完——

——敬請期待《反派未婚妻總在換人設【第一部】妖女、綠茶與霸道總裁？！》（中卷）——

高寶書版集團
gobooks.com.tw

YE 085
反派未婚妻總在換人設【第一部】妖女、綠茶與霸道總裁?!（上卷）
作　　者　紀　嬰
責任編輯　吳培禎
封面設計　單　宇
內頁排版　賴姵均
企　　劃　何嘉雯

發 行 人　朱凱蕾
出　　版　英屬維京群島商高寶國際有限公司台灣分公司
Global Group Holdings, Ltd.
地　　址　台北市內湖區洲子街88號3樓
網　　址　gobooks.com.tw
電　　話　(02) 27992788
電　　郵　readers@gobooks.com.tw（讀者服務部）
傳　　真　出版部(02) 27990909　行銷部 (02) 27993088
郵政劃撥　19394552
戶　　名　英屬維京群島商高寶國際有限公司台灣分公司
發　　行　英屬維京群島商高寶國際有限公司台灣分公司
法律顧問　永然聯合法律事務所
初　　版　2024年09月

本著作物《反派未婚妻總在換人設》，作者：紀嬰，由北京晉江原創網絡科技有限公司授權出版。

國家圖書館出版品預行編目(CIP)資料

反派未婚妻總在換人設. 第一部, 妖女、綠茶與霸道總裁?!/紀嬰著. -- 初版. -- 臺北市：英屬維京群島商高寶國際有限公司臺灣分公司, 2024.09
冊；　公分. --

ISBN 978-626-402-077-0(上卷：平裝). --
ISBN 978-626-402-078-7(中卷：平裝). --
ISBN 978-626-402-079-4(下卷：平裝). --
ISBN 978-626-402-080-0(全套：平裝)

857.7　　113013116